元代文学
系列丛书

元代文学新论

民族性、理学与真性情

何跞 著

天津出版传媒集团

天津人民出版社

图书在版编目(CIP)数据

元代文学新论：民族性、理学与真性情 / 何跞著. --
天津：天津人民出版社，2017.10
（元代文学系列丛书）
ISBN 978-7-201-12418-6

Ⅰ.①元… Ⅱ.①何… Ⅲ.①中国文学–古典文学研
究–元代 Ⅳ.①I206.47

中国版本图书馆 CIP 数据核字(2017)第 230274 号

元代文学新论：民族性、理学与真性情
YUANDAI WENXUE XINLUN MINZUXING LIXUE YU ZHENXINGQING

出　　版	天津人民出版社
出 版 人	黄　沛
地　　址	天津市和平区西康路 35 号康岳大厦
邮政编码	300051
邮购电话	(022)23332469
网　　址	http://www.tjrmcbs.com
电子信箱	tjrmcbs@126.com

责任编辑	韩玉霞
装帧设计	汤　磊

印　　刷	高教社(天津)印务有限公司
经　　销	新华书店
开　　本	710×1000　1/16
印　　张	14
插　　页	2
字　　数	210 千字
版次印次	2017 年 10 月第 1 版　2017 年 10 月第 1 次印刷
定　　价	68.00 元

序

今年 7 月 5 日,我在北京参加《中国大百科全书·中国文学卷》元代文学分支的小型会议。下午会后,何跞拿出了这部《元代文学新论:民族性、理学与真性情》书稿,说要我写序。我当时很有些意外。何跞 2012 至 2015 年在南开大学从我读博士,研究的是元代文学。毕业后进入清华大学博士后流动站,研习哲学。今年她中标了国家社科基金项目,已经引起了很多人的关注,现在又突然拿出了这样一部书稿,似乎不可思议。让人觉得,她这样一个单弱的女孩子,体内蕴含着多大的创造力啊!其实,这部书稿的内容我知道,初稿是她读博期间写成的。

何跞是一个很有特点的女孩子。她外表柔弱,内心却有很强的独立意识;语言不多,却颇有灵性。在她打算报考我的博士生之前,已经阅读了大量的元代文史典籍。入学后和我讨论博士论文选题,因她硕士修的是古典文献学,我希望她发挥文献学之长,建议让她考察南宋旧都杭州地区的文学活动,但她不做,她说她要做能够感受到生命、感受到心灵的文学研究。她爱写诗,当然希望研究诗,并且说,不能感动她的诗,她不喜欢，也不想研究。符合她这一标准的，在元诗中，有庐陵文人的诗，有元末丧乱诗。但是丧乱诗她也不会喜欢，于是建议她做庐陵文学研究。她看了一些作品，表示很愿意做这个课题。

不仅做什么她有自己的选择标准，怎么做，她也有自己的思路。我的在读研究生们——博士和硕士，每学期都有两次读书会，他们自己组织，预先准备，会上逐一发言，共同讨论，交流信息，交流心得，互相督促，甚至相互批评，在讨论和相互批评中增进了解和感情。他们很喜欢这一活动。在何跞参加的第一次读书会上，她谈了自己关于元代文学研究的宏观思考。当时主持的同学建议她先从具体问题的研究做起。我同意主持人的意见，同时也理解她。因为我当初刚接触元代文学时，大致同样的问题就曾引起了我极大的兴趣，希望从宏观上认识元代文学的独特性。那时又读了邓绍基先生的《元代文学史》，第一章就是《元代文学的若干历史文化背景》，谈了在蒙古政权下封建文化的继续发展、儒士问题、理学和全真教对文学的影响等问题。这些问题，都是从宏观上认识元代文学所必须了解的。可见邓先生当初也很关注元代文学时代特色等宏观问题的研究。后来我每每跟邓先生讨论相关问题，邓先生总是热情肯定、鼓励和指导。现在我面对她，一如当年邓先生面对我。当然，当对具体的学术问题有了更多了解以后，再进入宏观问题的思考，会具有更坚实的基础，思考会感到更有根基，得出的认识也会更客观。

这次读书会后，何跞没有放弃对元代文学宏观问题的思考。让我意外的是，当博士论文开题时，她居然提交了两个方案：一个是庐陵文学研究，一个是民族、地域、理学与元代文学特色的研究。开题会上，老师们一致建议她选取庐陵文学研究。等到提交论文初稿时，她还是割舍不下自己对元代文学宏观问题的思考，于是把这些思考与庐陵地域文学研究糅合在一起成为一篇。我很理解她，但为了答辩顺利，还是建议她只提交庐陵文学研究的内容。庐陵文学研究作为博士论文，获得了评审专家和答辩委员的高度肯定。但对于她来说，却忍受了割舍之痛。这在她，心有不舍，心有不甘。

博士毕业，她进入清华大学哲学博士后流动站。这时她用割舍掉的宏观思维部分申请了北京市社会科学基金项目，顺利立项，这对她来说，不仅是鼓励，也是安慰，也证明了她思考问题的价值。她对学术问题就是如此执着——学术需要这种执著。

对元代文学的宏观思考，她紧紧抓住民族性与理学这两个因素，认为元代文学作为一个整体，方方面面都受到这两个因素的影响。这两个方面是构成元代文学整体特色最根本的因素。元代文人的民族性构成，文学思想的理学影响，元代文学作品中重性情的整体趋势，构成了元代文学的整体风貌，作为元代文学自身的标志性特征，使其真正区别于唐、宋、明、清文学。这三个方面相互作用，相互影响，以尚直尚真和大气的大元文学精神，绘出了一幅大元文学的独特盛景。她将民族性与理学分别看作决定元代文学特色的外部与内部因素，说民族性作为元代社会政治历史的核心标志，体现着少数民族的社会主导性，或者说是文学的外围主导性。而理学，作为汉族文化的核心思想，则体现着元代文化的主导性，或者说是元代文学内围的内在主导性。一个社会政治的，一个文化文学的；

一个少数民族的，一个汉民族的，两者构成了元代文化和文学的整体。这标志着元代文学之共通性，并成为元代文学的"元代性"。两个核心定性特点的共同作用，拢括了元代社会从政治历史外围到文化文学内围的方方面面，因而民族性、理学，这两者联合起来，是元代文化和元代文学的核心因素。由此她认为，元代精神，可以提炼为一个"大"字，阐释为主于性情，表现为求真不伪、自然直接，表现为民族性、理学这两个方面的并行不悖与融合。这个"元代性"或元代精神影响了元代文学的方方面面和整体，最终形成了元代文学独特的风貌。不论是元曲为代表的俗文学的直白世俗书写、利欲张扬，还是盛元文风的歌功颂德、春容盛大，还是元代诗歌的崇尚性情、宗唐得古，还是元代文论家们的兼顾性情与法度，其实都是大元文学精神的具体表现，因而都被拢括于"元代文学"这个整体之下，而具有"元代"性特征。

当然，她也不是天马行空式的悬空宏观思维，她清楚地知道，宏观问题的解答需要极微观细致的核心提炼，这又必然要深入到微观和最基本、最基础的理论核心。它需要具体涉及代表性作家作品的文学论证，又需要极其深入的理论分析。她选取了元好问、耶律楚材、刘秉忠、郝经、胡祗遹、方回、戴表元、赵孟頫、杨维桢、萨都剌等作家进行细微的个案研究，甚至具体到方回《诗思》十首的研究，来支撑她的宏观阐释。熟悉元代文学研究的人能看出，她选的这些人，与幺书仪《元代文人心态》一书所选多有重叠，但她与幺书仪的视角和认识多有不同。这也可见她的性格。

博士毕业后的两年，她对这部书稿不断修改，认识逐渐深

4

入,看法更趋成熟,使得这部书稿更具学术价值。她的大胆探索精神值得高度肯定,她的探索是很有价值的,她对学术的执著,她在学术问题上表现出的独立精神,更是可贵的。我有理由对她今后的学术发展寄予期望。我本人一直对元代文学的宏观问题保持着持续不断的思考,对一些问题的认识不断深入,也不断变化。十几年来,也提出了若干对元代文学整体性认识的观点,这些观点逐渐被学术界接受和认可。也许何踊跟我一样,对元代文学宏观问题的认识今后会进一步深化和变化,但无论有什么变化,每一阶段的探索,都具有其独有的价值。

在她即将从清华大学博士后流动站出站时,传来好信息:她中标了国家社会科学基金项目。她高兴,我也为她高兴。

期待她的学术之路,每一步都走得很好。

查洪德
2017 年盛夏

目 录

1

结论：主于性情求真的大元文学精神 / 186

元代文学整体的民族性与理学审视

在中国古代文学史断代划分中，元代文学似乎一直处于一种单薄的、被夹带研究的地位,我们常说宋元文学,或者辽金元文学,或者元明清,而若单独论元代文学,则总感觉薄弱,元代文学自身也不能与先秦、魏晋六朝、唐宋、明清文学相并立而存在。而在元代文学中,似乎又只是元曲主导着一切,元代的其他文学体裁,诗、文、词、小说,则少被关注。相对于其他朝代,元代文学似乎还总是一块文学的荒地,研究者们往往还没有多少底气去将其单独彰显出来。当然,这是古代文学研究中存在而且需要解决的问题,作为大的趋势发展,它也必然带来一些反拨。近年来,学界越来越关注于元代文学。2014 年 8 月在内蒙古自治区通辽市召开了 "元代文学与文献研究学术研讨会暨元代文学学会(筹)成立大会",全国数百位专家学者与会,研讨相关的学术问题,筹备成立了元代文学学会。可以说, 这是元代文学研究作为中国古代文学中一个重要断代研究,取得其独立性,获得与唐、宋、明、清等断代文学相并立地位的标志。而元代各体文学的研究也取得了重大的成就,查洪德先生《元代诗学通论》①全面梳理了元代诗学方方面面的问题,填补了元代诗学的相对空白,这是一个大的标志性的研究成果。而关于元代诗文,则还有许多具体的论域亟待研究。

元代文学研究的相对薄弱,以及近来对这一现象的反拨,使得我们有必要对元代文学本身作一个整体的思考。元代文学的整体特色,其实有几个方面的因素。即元代文学整体的民族性问题、理学的问题,这是研究元代文学绕不过去的大的背景性问题。这些背景问题,也是基础性问题,决定了元代文学的整体特色、风貌及风格趋势,也影响了它的接受状况。我们有必要从民族性和理学这两个大的基质特色重新审视元代文学本身以及它所存在的问题。本书即从这个视角,来进行关于元代文学的整体审视与论述,并提出一些重新审视的新观点和思路。

第一,民族性对元代文学的影响是根本的、巨大的。这首先就体现在元代文学的接受上。在文学史上,民族性作为一个根本问题,与民族性的基础上所生发的王朝、地域问题一起,影响了元代文学在文学史上的位列,使它具有区别于其他朝代文学的时间和地域特色,即元代文学在宋、辽、金、元四个王朝交叠的历史时段中存在,而且元王朝在历史推进、朝代交叠过程中的南北分界变化,也使得元代文学具有浓厚的南北地域分野的特色。而伴随着时间和朝代的交叠,地域分野或者是地域的交叠,又使得元代文学与宋、辽、金文学一起,具有相融汇的共性,最突出的表现,就是当时仍然掌握着文化霸权

---

① 参见查洪德《元代诗学通论》,北京大学出版社 2014 年版。

的汉族士人所代表的宋学共性。不管宋辽金元这个纷繁的历史时段，其民族性的特色被怎样地凸显出来，体现在朝代更迭上、政治上、地域分界上，然而在文化和文学领域，宋学依然是占统领地位的，这是元代文学的基本特色。而民族性主导下南北分野的地域特色，使得元代文学的自性生发更加呈现出地域的差别，并让民族性影响下元代文人的生存状态相对自由，个性更趋张扬。

民族性对元代文学接受影响的第二个方面，就是后世的民族偏见对其接受和研究的直接影响。首先，元代文学在后世接受相对较缓，其价值相对不被认可。这尤其体现在明清两代，而近现代虽然民族偏见有所消除，然元代诗文研究仍然滞缓，而将元曲标志为这个朝代的文学主体，而无意中却是在整体上俗化、贬低元代文学的整体价值。具体在当下的研究中，则体现为三个方面的问题：一是元代文学被附属于其他朝代和地域来研究；二是研究中大量关注于曲，而诗文研究则过于薄弱；三是元代文学思想研究中仍然不离王朝和民族的差别对待或说是偏见。

具体到元代文学内部本身，则可发现，民族性首先对元代文人身份差别有所影响，这及于元代士人的心态。蒙古族的统治带来中国版图地域、王朝的变更，这带来元代文人构成的民族差别和元代文学的异族征候，同时又在纵向历时的过程中，产生遗民身份主导的遗民文学。这种文人身份的整体构成，对元代文学的影响，则是使其呈现出杂糅多体的图景，使得元曲叙事长驱直入，而诗文抒情也得有了更自由和个性的解放。在元代初期，北方文人，包括少数民族文人，也在元王朝建立之初社会重整的趋势下,自然地流向儒家用世的情怀。而南方文人则在社会大纷乱、大变革之时,以南方汉族士人的悲观失落情绪,而呈现出杂糅诸家思想,和流而为文的趋势。而在整个元代历史中,由于民族性带来的整个社会风气自由尚直的冲击,使得元代中后期文人心态和价值取向普遍流向现实和个人利欲关注。文人的基本人情回归于直接的利欲,或者走向佛、道思想,以求安乐自慰,或者干脆走向纵欲。

不仅文人身份和心态,民族性更是具体地渗透并影响于元诗、元曲的整体文学风貌。最为明显的是少数民族作家及其所带有的民族本色的融入,比如他们游牧、游商的"游"的视角本色,他们学习汉族士人和文学流露出诸多"学"的痕迹,其中萨都剌是一个代表。而对于元诗整体的影响,则体现为一种整体的民族性征候,即元诗的大气和主情的趋势。元诗的一个普遍特色,是诗情的相对大气,这与元诗的异族融入及整体的民族异质特色有关。元代代表性的馆阁文人和盛元诗风有其民族性主导下的社会风尚影响。而元代诗坛整体宗唐得古的诗学取向,也与其大气的民族性选择有关。这是一种崇尚直接不伪的民族性格,即使对于生命愁怀的抒写,也以其直接抒情性而有别于其他朝代,赋予了大气的特色。在元曲中,民族性的征候则表征为关于利欲问题的世俗抒情。元曲的"豪放"、利欲的主题,是标志元曲的特色,其内在仍与民族文化性格及其影响下的整体社会风貌休戚相关。

第二,除开民族性这个主导和根本影响,理学是影响元代文学的又一重要因素。理学的影响主要在于诗文,体现于元代诗文的基本风貌和由宋入元的流脉。在中国古代文坛上,诗文雅文学才被视为正统和主流，而戏曲小说等则往往被视为正统之外的俗文学。在元代，虽然戏曲大盛，但诗文仍是当时文学的正统，元代的诗文也是中国古代文学中诗文正统由宋代发展到明代不可缺少的一环。理学对元代诗文的影响最突出的就是性情的书写。元代有诸多理学家文人，然而除开有着特定身份标志的文人，其他文人也或多或少地受到理学影响。至少，理学作为宋代以来对整个社会文化和文人圈子影响最大的一种思想，作为一种大的背景性思想，元代的文人对其总有或多或少的了解。理学讲求真的、自然的性情，而元诗中的性情书写正是在理学的影响下，具有了求真与自然的特点。同时，理学也对诗人心性有一定程度的影响。求真的特点使得元代诗人不屑掩饰情感，大胆而直接的思想情感表达使其具有了个性突出的一面。而理学中追求自然自发境界的特点又使得元代诗人的心性更趋向平和。所以在元代诗歌中，我们总能看见个性突出、直抒性情的书写，也能看见自然恬淡的诗风。以具体的诗人为代表，梳理元代诗歌发展流脉，可以发现元诗经历了由前中期北方文人的约情归性到中后期南方文人性情张显的发展过程。比如前期刘秉忠诗风的通达萧散，胡祇遹的以真为尚和"深心""自得"，中期赵孟頫的诗风、后期杨维桢诗文中的个性突出。

另外，理学对于元代文学的影响，也体现于元代的文论思想，主要是元人文论思想中关于性情的问题。本书以郝经和方回为例，来进行论证。作为理学家文人，郝经可以说是元代北方文人的一个杰出代表。元代北方文人受理学影响较大，他们的文论思想也体现出浓厚的理学色彩，有着较多的性情求真的因子。而作为元代南方文人，特别是文论家的典型代表，方回的文论思想则更体现出元代南方汉族文人的文论特点。学界对于方回的文论思想研究较多。本书则以方回研究中涉及尚少的论诗诗为例，理清方回文论中所谓"活法"的性情内涵。方回讲求性情与法度结合，实是理学"自然"之尚的影响，而方回的儒家情怀、尚"朴"的诗学理想，无不体现出儒家特别是理学家自然求真的性情影响。而在方回《诗思》十首中，我们则更可以看到一个完整的诗论体系，主于"意到"和骚雅清新的诗评取向，无不体现着理学自然求真的性情取向。

总之，元代文学作为一个整体，方方面面都受到两个因素的影响，即民族性和理学的问题。这两个方面是构成元代文学整体特色最根本的因素。民族性和理学性情影响及于元代文学的接受、文人心态、文体构成、文学风格、性情书写、发展趋势、文论思想等各个方面，从而形成了元代文学的整体风貌。民族性与理学问题，是元代文学研究中不可回避的基本的背景性问题，它不仅是一种研究视角，更是深入认识和整体把握元代文学的依托。然学界对于民族与理学的问题，多局限于具体作家作品的研究，尚未从整体上全面深入论证二者对于元代文学的影响，影响的原因以及二者之间的深层联系。本书深入探索民族与理学因子对元代文学的影响，再次从整体上重新审视和认识元代文学，也从整体上对于元代文学的基本风貌、根本特征，其作为元代文学的"元代性"独特朝代标志，进行一个初步的阐释、求证和把握。

第一章

元代文学的民族性特点及其认识与接受

　　承接宋金文学而来且多有交叠的元代文学，始终伴有王朝和地域的影响。中国古代文学史的书写，普遍都从时间上以朝代为划分和观照，而实际上，空间视角下文学的地域划分与观照同样重要，中国古代文学史也是由各地域的文学史所构成的。而朝代与地域的共时并存和凸显，在文学史上已有很好的例子。通常所说的宋辽金元文学，表面上是以时间视角从朝代上进行的划分，实际上也是地域文学的区划。在宋代立国和亡国为时间限定的三百多年里，宋辽金和蒙元王朝前期的一段历史，是同时存在的。从某种程度上可以说，宋辽金元文学在这一段历史时期内，是地域文学区划，而这个地域区划的核心又是南北差别。而蒙元灭宋，一统南北，大元的兴起和发展，则从各个方面对宋辽金和蒙元前期的地域特征和地域所属进行了整合。在文学上主要表现为南北文学的碰撞交融。而以诗文为正统的文学发展脉络，在元朝也有着大的南北地域区划，依学统的内在趋向，又有着浙东、吴中、江西等更为细致的地域区划。这种群落流派视角的研究，是厘清元代正统文学内在脉络的必然途径。

内蒙古成吉思汗陵

受民族问题的影响,元代文学的接受情况并不乐观,元代诗文不被重视,元曲虽为代表,也因俗白特点而处于褒贬之间。而在研究中,也存在一些问题,如被附属于其他朝代和地域进行研究,元曲的研究远盛于诗词文,元代文学思想研究总是围绕着王朝和民族差别,其内在都与"元代"这一历史概念限定被过分突出有关。元代文学接受和研究中的这些问题都离不开两个主题:新朝和异族,构成了"元代"这一历史特色,并成为研究中的历史限定。而打破陈规,打破元代文学研究中模式化固化的先验性历史限定,从文学接受回溯至其生成,进行跨时性的研究,同时基于文本核心而非历史外围来解读元代文学本身,则是可以尝试的新思路。

第一节　元代文学的文学史定位反思：
王朝、地域和民族

一、元代文学的时间地域特色：宋辽金元的朝代交叠和南北分界变化

1.文学史上的时空区划和视角

文学的研究总是离不开一定的历史地域限定，大而至于中国文学，再可分为先秦文学、中古文学、近古文学，而最常见的则是以朝代为限而进行的划分。朝代的更迭是历史发展过程中最为明显和直接的时间区划，也是在最大范围内和从根本上影响人的社会存在的因素。文学发展流变过程中的阶段性断限，自然也随着朝代的更替而进行着相应的断限和分期。从这个意义上，可以说文学的脉搏是随朝代的兴衰轮换而跳动的。

在以时间和空间这两个最基本的哲学因素为基础审观文学史的同时，我们发现，中国古代文学史的书写和研究，实际上就是在古代这个时间限定中对中国这个地域范围内文学的集合整体研究。在几乎所有人的学术思维中，以朝代为限形成的中国这个大空间里各地域整合变化的研究分野，也即我们所谓的唐代文学、宋代文学、元代文学，等等，已经形成一种研究考察的定势。而时间和空间可以进行更细致的划分，不同的时空划分和交叉可以形成不同的书写范围和研究对象。如果以较细的地域区划为限，在时间上贯通起来，则形成了地域研

9

究的视角。这有异于普遍的朝代视角。这种研究思维下可以构成诸多的地域研究，大而有北方文学史、南方文学史，甚或中国和域外的文学，小而有各地方的文学史，如江西文学、蜀中文学、吴中文学等，各地域文学的交叉研究又如历史朝代上的交叉研究，又会衍生出许多论题。

文学中的风貌风格，在大的方面，既因历史朝代的不同而不同，也因地理环境的区分而相异，这是一种必然。这反映在文学中是一种大的征候，作为整体的时代风貌或者地域差别而存在。出生或者生活在某个地域的文学家，总会受这个地域整体特征的影响，而在文学风貌上有所映射，而形成其地域特点。而这种地域征候，又是地域文化的一个方面。

2.宋辽金元文学的时间交叉和地域分区

文学史上所称的宋辽金元文学，是根据朝代来进行观照的，而这些朝代的文学其实又有许多交叉。从时间上看，辽主要与北宋对峙，金朝则与南宋抗衡，而蒙元实则又崛起于南宋中后期。在时间上，这四个王朝是有交叉叠合的。而在地理上，辽金主于北方，宋代主于南，北方王朝不断向南方扩张，中原一带，也在北宋入南宋的历史中，位移归由北方少数民族统治。南宋时期，宋朝退于长江以南，都城也由汴京迁到临安。而后来随着大元王朝兴起，灭金灭宋，统一全国，南北的王朝对立彻底地以北方少数民族统治而告终。由宋至于元的过程，实际上就是北方少数民族兴起，逐渐向南扩张，最后完全统治南方以至全国的过程。

正是在这样一个多朝并存的历史时段里，即由北宋太祖立国到南宋亡国的三百多年里，出现了宋辽金元及其文学并存的现象。元代文学若从成吉思汗立国开始，其必定与南宋有七十多年的重合。若单以时间为区分，并以朝代的年限来代表历史的时间断限，即以宋王朝的历史时限作为代表，则可以说，在某种程度上，我们所讨论的辽金文学和元代前期的文学，其实都是宋代文学。它们都是在宋代这个历史时期内所生成的文学，只是在地域上不是属于宋王朝所辖。

然而正因为它们处于同一历史时期，所以它们会具有这一历史时期的整体文学征候。但是又因为它们在同一历史时期里分别属于不同的王朝地域，而这个地域差别也是大范围的，有着南北之分，并且有着王朝的约束，有着社会形态和风俗文化的整体差别。所以尽管处于同一历史时间内，它们也只能分别进行书写。

宋辽金元文学的区别书写，其实更大意义上是从地域上进行的。而这一历史阶段内整体的地域变化，是由北向南，最后南北融合的过程。朝代上如此，文学上相应地也是如此。南北之分和南北融合，是这一时段内文学中的一大主题，也是文学生成的背景。

而宋亡之后的元文学，则是这一时段文学的延续，也是南北走向更深融合的过程。这促成了元代文学的雅俗杂糅、抒情叙事并存，以及其他诸多特点。这是南北交融的必然态势，在碰撞中融合，显出其不成熟和杂糅生涩的一面，这也构成了元代文学的整体征候。

3.宋辽金元文学的宋学共性和地域特色

另外一个问题是，在以宋王朝为限的同一历史时期内，宋辽金元文学必然有着共同的历史征候。宋王朝作为中华汉民族主流统治和文化的继承者，它主导了这一历史时段内的文学征候。我们今天所称的宋学，其实也存在于与宋朝同时并存的辽金及蒙元初期。宋代的文化，包括文学学术思想等各个方面，对辽金和初期的蒙古王朝，以及这些王朝统治下的文学和思想学术，都有一定影响和渗透。而这些少数民族建立起来的王朝，其思想文化也对宋朝汉民族的思想文化形态有所渗透。这是一个相互影响的过程，只是谁主谁辅的问题。自然，宋学影响着辽金和蒙元的文学和学术，它始终起着主导的作用。辽金元文学中有着宋学的渗透，而且，辽金和蒙元初期的文学，是以宋学为背景和模仿基础的。

再者，在以宋学为主导的同时，宋辽金元的文学各有特色，这是基于地域和民族差别下的特色。

在元朝一统后，先前的这种宋学共性和地域特色仍在延续。宋学的延续和文学在南北地域上个性的碰撞融汇，使得入元后的文学进入了一个较为混乱的状态。

这种混乱主要体现于诗词文的文学发展上。除开在元代形成并成熟的元曲，包括散曲和杂剧，以及小说这样正处于孕生形成过程中的文学样式，其他的文学样式，主要有诗、词、文，这些传统的，在元代之前已经成熟，并具有深远传统的文学样式，最能体现宋学对南北文学的渗透融合及其历史延续。元曲和小说的形成本身就与北方少数民族叙事文学有所关联，是在世俗文化繁盛和北方质朴风气，以及直白讲述、叙事娱情等大的文化征候中形成的。所以，要讨论元代文学的历史共性，即宋学继承以及地域个性，也即朝代区别，则应集中于诗词文上面。

二、元代诗文研究的时期和地域分野

对于元代诗词文,文学史的梳理多以前、中、后期予以划分,而且多集中于北方郝经、刘因,南方虞、杨、范、揭四大家,以及元末杨维桢。由于元代诗文作家的成就本身不足以媲美李杜和唐宋八大家等,加之对元代诗文研究还相对薄弱,文学史往往以定点的方式来突出元代各期的一些文人,串联而成为元代诗文发展的脉络。而粗略地以点串线的模式来描画元代文学,显然是研究不够成熟的表现。元代的词作,许多文学史的书写几乎就只突出了张炎一人,而元代文学理论批评,又多集中于方回。这固然与其自身发展的现状有关,但也是文学研究不够深入的结果。元代的诗文作家尚未一一呈现出来,对诗文发展的整体描画,还有待深入。

元代诗文绝不是数位作家的串联,而是有着流派传承,是一个有机的整体,有着内在的演变发展动向和规律。对于各作家和各家诗文内在联系的观照,则需从学理的基础,以流派的视角,或者说群体的视角来加以研究,以还原元代诗文发展的内在真实。

同一地域的作家构成群体,因这种地域关联而具有某种共性的文人群体,往往又会形成一个流派,或者有走向流派的趋势。

目前对元代诗文的论述也往往以地域为区分,张燕瑾、吕薇芬主编的《20世纪中国文学研究》丛书中,李修生、查洪德主编的《辽金元文学研究》一书里面,对元代诗词文的区分也是循前、中、后期的规矩。前期分为郝经、卢挚等北方作

家,方回、戴表元等南方作家;中期有包括虞(集)、杨(载)、范(椁)、揭(傒斯)四大家在内的江西作家,以及黄溍、柳贯等浙东作家;后期又分吴中诗派和玉山草堂,以及浙东作家。在这本书中所描绘的元代诗文发展图景中,前期南北皆盛,而中后期的诗文则集中于南方的浙江、江西一带。当然,地域区划的同时,又贯穿有学理上的观照,如将元初理学名家的诗文专作一节,也有从作家的艺术家身份来进行的观照,如在元后期又析出画家诗人一节,同时从民族的差别上将少数民族诗文作家又专作一章。傅璇琮、蒋寅主编的《中国古代文学通论》中有张晶分主编的《辽金元卷》,其中对于元代诗歌依然是分为前、中、后期,并且也是前期分为南北,中期集中于江西和浙江,后期集中于吴中与婺中(也即今浙江金华一带)。

以时期和地域对元代诗文进行群体的研究,其实是梳理元代诗文内在脉络的基础,有助于厘清相对模糊的元代文学现状。而在这个地域特征所引发的联系观照中,其他的视角,则是更进一步理解和把握元代诗文的途径。这种群体视角,或者说流派视角,最终会将诗文作家和诗文本身的内在联系、内在规律、发展演变的趋势逐一地呈现出来。

总之,在文学研究中,地域视角颇为重要。对于地域文学的梳理,其意义不仅在于厘清一地在一个时段内的文学状况,它也是研究把握整个朝代诗文的一个重要环节。而诗文样式作为正统文学代表,从宋代发展到明代,或者说文学从唐宋中古发展而至于明清近古,元代的过渡是具有关键性的。从某种意义上说,它甚至起着影响近古正统文学发展走向的重要作用。而蒙元王朝,很长一段时间里是和辽宋金并存的。如果蔽于朝代划分,仅以历时的眼光来观照,则可能有失其真。而以共时的地域视角来观照,则可以发现这几个朝代的共性特征和地域个性。几个王朝的南北个性和南方更小地方的地域个性,是以地域视角来审视这一历史时期必须考虑的因素,可以帮助认识在王朝、地域频繁变更时段的整个文坛的存在状态,也是理解整个诗文发展流脉的必然环节。

第二节　民族偏见影响下的元代文学接受和研究

一、民族偏见下的元代文学接受和价值发现

1.明清两代相对不被重视的元代文学——因于异族王朝特点的区别对待

元代文学在明清两代不大被重视,这在文学选本的取向问题上就可以管窥一斑。众多文学选本多选择明清的作品而较少选元代,这是人所共知的。

元代的不被重视,其实是一种有意的倾向。元朝是少数民族建立的政权,其与宋的长期对峙和争战,已经形成了一种不可逆转的心理取向和文化抗衡,导致在某种程度上有意识的排斥元代。在对抗异族侵占的社会大气候之下,宋末出现了许多爱国诗人,浙东事功派也应时而生。虽然经过元朝一百

多年社会治理的润和，但这种对待异族统治王朝的排斥心理和情绪还是时浓时淡地贯穿而至于明清两代。

这与清代又不尽相同。清王朝的建立是趁明末大型农民起义之虚而入的，并未经过像辽金元对宋朝长期的民族对峙，其南北抗争的激烈程度也不如前者那样，至少它没有形成像岳飞抗金那样鲜明的主题文化，因而在文人心中形成的异族抗拒心理也要弱一些。而经过清朝三百多年的统治和社会的熔炼，满族逐渐汉化，汉文化仍是主导一统，排满已不是主流。

另外，元代虽然疆域辽阔，却是一个历时不长的王朝，时限远不及明清，且不说短时限内生成的文学数量上难以构成繁荣，就是明人和同为异族的清人在对待元代文学时，也自然会有轻视的态度。

而不管是元代还是后来的文人们在选辑文学作品时，都面临着一个南北民族抗争的历史事实以及文化取向。因而不管他们本身有没有，或者说在多大程度上受此文化心理的影响，至少在表面上，他们都不能无视这种抗争口号，而会或多或少地标示他们的民族取向，以明其民族节操，从而得到社会的认同。

任何一种现象，不管是个人的、社会大众的，还是民族的，只要它已经泛化成一种普遍的大众取向，并且在历史的洗礼中不断积淀强化而形成一种鲜明的主题和价值取向、一种文化心理，比如对强悍异族统治却又相对短期的元王朝的抗争、排斥、轻视，那么它就势必会对文学产生影响，而在文学中留下某种趋势痕迹。而元代文学特别是元诗文的被忽略，不被重视，其尴尬的存在，在某种程度上不是元代文学自身的不发达所致,也不是其文学价值低下,而是长期被文人和文学史家有意识地贬低、异化和排斥所致,这也可以说是一种主流文化心理在文学中投射而留下元代文学研究的畸痕。

2.近现代以诗学为代表的元代文学研究滞缓和以元曲为主导的价值发现

元代文学在近代的学术界中,常常不被重视和认可,而不被认可的主要方面又在于这一时代的诗学成就。这是学人通识,此处再略举一例。闻一多先生的说法几造其极,他在《文学的历史动向》一文中说:

> 从西周到宋,我们这大半部文学史,实际上只是一部诗史。但是诗的发展到北宋实际也就完了。南宋的词已经是强弩之末。就诗的本身说,连尤、杨、范、陆和稍后的元遗山似乎都是多余的,重复的,以后的更不必提了。我们只觉得明清两代关于诗的那许多运动和争论,都是无味的挣扎。每一度挣扎的失败,无非重新证实一遍那挣扎的徒劳无益而已。本来从西周唱到北宋,足足两千年的功夫也够长的了,可能的调子都已唱完了。①

他将宋代之前的文学史提炼为诗史(他所说的"诗"是一个大的概念范畴,应该是包括诗、词、赋、骈文等多种样式的韵语抒情文学),不无道理。宋代及之前的文学确实是以诗词为

---

① 闻一多:《闻一多全集》卷10,湖北人民出版社1993年版,第18页。

主导的韵语抒情文学,自元代开始至于明清和近代,叙事文学发展繁荣,而在诗学领域,则主于学习模拟已无重大的翻新。然而他不仅否定元代,甚至连元代之前的南宋以及之后明清以至近代的诗学成就也都否定了,这种论调虽然太过,但却真实地反映了元代文学特别是元代诗学(包括词、赋、骈文等),或者说元代韵语抒情文学在文学接受和研究中价值发现的迟缓和滞后。

　　而相对于诗文,元曲则作为元代文学的代表体现着其整体价值。近现代的元代文学研究也是以元曲为开端和主导的,虽然一开始学者们对其褒贬不一。1910年武林谋新室出版林传甲所写《中国文学史》,视小说戏曲为"无学不识者流"的"淫亵之词"。1912年王国维写成的《宋元戏曲史》,将元曲标为中国文学史上"最自然""最有意境"的文学。1916年胡适《吾国历史上的文学革命》认为,元代的词曲剧本小说"僭以俚语为之",是一种"活文学"。不管是"淫亵""俚语",还是"自然""有意境""活文学",这些对元代文学的定性其实都寓示了其直白俗化的特点。这是一种不委婉掩饰、不过分装饰的俗文学,不同于以前以汉族诗学为正统的雅文学,具有北方少数民族直接抒情的特色。这导致其在艺术形式如用语俗白上被否定,而抒情自然真实的一面又被肯定。在1932年出版的《插图本中国文学史》中,郑振铎关注白话的《蒙古秘史》,并认为《三国志演义》《水浒传》也是元代作品。而20世纪40年代刘大杰的《中国文学发展史》,将元曲作为评价元代文学的主体。他们看到了元代文学在艺术形式上的叙事主导,而寄于发达叙事背后的则是一种相对激昂而又直白的抒情特色。乔光辉在《元文人心态与文学实践》

中认为:"中国文学史应以元为界,前期应是所谓正统文学史或雅文学史,主要以诗词为主,后期则应是戏曲、小说等俗文学史。与诗词相比,戏曲、小说等篇幅较长,蕴含量极深,所反映的社会背景更广泛,对人性的揭示也更深入。因此,作为真正的人学的文学是从元开始的。"[1]他一方面秉承戏曲小说是为俗文学,诗词为正统文学的观念,一方面又大力宣扬元代叙事文学反映人性真实和社会本相的意义和价值,其对元代文学的价值发现还是基于以往的俗文学批判上的。

元戏曲演出壁画

---

① 乔光辉:《元文人心态与文学实践》,《东岳论丛》1996年第3期,第96页。

总之,元代文学的接受和研究相对还是不足,诗文尤甚,元曲则好些,然亦处于褒贬之间,这是一个基本的状况。究其自身的原因,还是在蒙古族短暂统治下正统诗文的不甚发达和异族格调促使的俗白叙事因子的加强。

二、王朝、地域、民族偏见带来的元代文学研究中的问题

在现代学者的研究视域中,元代文学的研究更侧重于元代而不是文学,人们更注重它的社会历史特点而不是文学成就本身。学者们多从民族、南北地域、阶级、文化差别等视角进行研究,这里不予细举。"元代"这一历史概念限定被过分强调,其核心是异朝和异族特征,这构成了研究中先验和固定的"元代"特色,与其相关联而产生了一些问题。而其实,元代文学研究的"元代"应是文学学理的概念区分而非历史概念的范畴区分。

1. 元代文学研究的尴尬处境——被附属于其他朝代和地域

在历代特别是近现代学术史中,元代诗、词、文等因为被视为不发达而被冷遇的文学样式,甚至包括元曲,往往处于一种被附属于其他朝代研究的尴尬境地。在编写文学史、研究文体文化等多个方面,元代文学总以"宋元""元明""宋元明"等形式被附诸宋、明王朝之上。或者因为其朝代不长,以及其文学的不够繁荣,或者人们对作为异族统治王朝的某种民族心理,而将金元、辽金元进行联合研究。吴梅是近代研究元代文学较早的一位学者,而其所著《辽金元文学史》也是将辽金元合并研究。此书由商务印书馆于1934年出版。或者以"少数民族"

"北方民族"的范畴被纳入少数民族文学整体研究中去。如高人雄《古代少数民族诗词曲作家研究》，2003年民族出版社出版。这种缘于人们某种价值偏向而被附属或联合研究的尴尬处境，使得元代文学的独立性被大大削弱。学者们较少将元代作为一个与唐、宋、明、清并列的王朝，单独研究元代文学，元代文学的地位远远小于"元代"这个历史概念在研究者视域中的地位。

这种尴尬的研究处境又使得元代文学具有了很大的比较研究性质，而且获得了元代文学的比较研究价值，主要是与辽、金、宋、明、清的朝代比较和南北地域比较。它又在整体的研究视野下更接近元代文学在宏观意义上的真实图景。在跨朝代跨地域的比较中，元代文学作为一个整体而具有了概略性、全局性和整体特色，比如其民族特色、以叙事为主的俗文学的发达，这是其积极的一方面。

然而，这种宏观的比较研究也有消极的一面，它本身即是对元代文学独立意义的消解。如果过分关注宏观的研究，让这种"宋元明清""辽金元""北方民族"的研究定式持续下去，则势必会导致元代文学本身具体研究的缺失和不足。构成元代文学的各位作家及其作品，这是其基石，我们必须先入得其中，进行微观的接触和研究，方能出得其外，否则，任何宏观的比较研究都会缺乏事实根据，而具有臆想或者承袭前人说法的倾向。而前人的说法是否全都是建立在对元代文学本身的细致解读研究上的，这本身也是一个问题。不排除会有些文学评论从宏观印象出发，带有历史地域文化眼光进行差异审评，而论说唐宋元明，或者宋辽金元。

任何文学现象都是处于历史过程中的，如果我们总以共时性的眼光去研究历时性的现象，那么势必会产生歪曲、夸大事实，产生不真实的断定，伴随而来的是研究的模糊和不能细致地反映真相。这种研究结果往往成为我们自己所认为的某种道理，是我们自己所勾勒的研究图景，因而带有很大的主观偏向性、模糊概括性。元代文学不应是设定在一个历史阶段范畴中文学家、文学作品、文学现象的集合，而应该是在文学动态发展中迸发、经过、消退于元代历史，并且有着元代特色，或者迸发、经过、消退其元代特色的这样一个动态的文学过程。这就自然应该包括由宋、金入元，由元入明过程中的文学现象。只有将一个历史阶段的文学置于整个的文学生态中进行过程的审观，才不会以偏概全，管窥失真。这实际就是一种还原真实的全局眼光。我们只有入得其中，出得其外，以局外者的眼光审观文学历史的全盘和全过程，方能更接近其本真。

2.不同文学样式的研究失衡——曲盛诗衰

在一些文学史家为我们描绘的元代文学图景中，元代诗文十分冷落，散曲戏剧成为标志，总之，是俗文学盛兴而雅文学寥落，叙事文学发达而抒情言志文学不发达。自王国维提出"唐之诗，宋之词，元之曲，皆所谓一代之文学"①的说法以来，近现代的一些文学史家沿袭并强化了这种说法，而元代文学似乎只剩下戏剧散曲，而其他文学样式被述及得很少，几乎在忽略不提的状态。其实，王国维的说法并不是说唐代只有

---

① 王国维：《〈宋元戏曲考〉序》，《王国维文学论著三种》，商务印书馆2001年版，第57页。

诗，宋代只有词，元代只有曲，而是拈出主要在那个时代形成、成熟并达到很高成就的文学样式，以勾画文学样式的发展历程。到了近现代，由于学科的细化以及研究领域的深入，元代诗文逐渐被关注，如查洪德先生著《理学背景下的元代文论与诗文》。

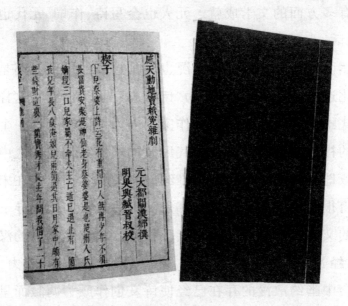

《窦娥冤》书影

而文学史家们为我们勾勒的这个元代文学图景，其实未必全面和真实，也可能附着了有意识的俗化元代文学的倾向。而这种倾向其实也是建立在一种民族偏见之上的，认为蒙元统治，乃是北夷异族，文化落后，俗白少文，而也将这一历史阶段的文学风格整体异化为以俗白、享乐为主。这无不带有一种有意识的民族异化，俗白化，甚至有意的贬低丑化倾向。元代是蒙古族建立起来的一个疆域辽阔而历时不长的异族统治的王朝，而且其颠覆了汉族为主为尊的社会等级。这是元代文学研究中最主要的社会历史背景和特点，人们不可避免地会注意到这一点。以社会历史的眼光去考察元代文学并不错，然而单以社会历史的眼光去观照元代文学，甚至带有了浓厚的民族心理、文化偏差，这就会导致元代文学描述的大幅度失真。一个简单的道理，元人不是只会看戏玩乐，元代的文人肯定也有多方面的文学成就。元人也会写诗、作词，元代也有传奇、说话。

　　然而元代文学的这种状况也有其自身的原因。还是从社会文化这个角度来分析。因为"诗言志"的传统，诗文这样的文学形式不再那么适合元代的作家，因为他们都处于一个异族主导的社会背景中。唐代意气风发的气象在诗歌样式中被淋漓尽致地抒写出来，宋王朝雅约尚理的文化品位也在宋诗中体现得很明显。唐风宋调，都是汉族政权汉文化主导下汉族文人的文学发挥。而在蒙古族政权异族文化笼罩下的汉族文人，已经丧失了那样以诗抒志，淋漓尽致的自豪与魄力，文人在社会中幽约散漫的存在已经使诗文创作颇为凋敝而呈幽约散漫之势。而学写汉诗的少数民族文人，又仅仅在模拟效仿的过程中，诗文创作难免显得生涩而带有他族文化因子，呈现出俗白、简单、豪放直露等特点。

　　而在异族社会生存的汉族文人也都面临着一个民族节操的问题，一个对异族文化是否认同的问题，他们的"诗言志"也必然呈现出尴尬的态势。不管蒙古族政权对汉族文人的态度怎样，其对文人的文学话语是不懂还是懒得关注，还是不屑关注，然而汉族文人也必然面对后人的民族区别对待，或者是面对自己的民族区别心理。既然不敢太直接的抒志表达对异族的不满和对抗，又难以对其表示绝对的认同，在这种矛盾的民族差别心理笼罩下，汉族文人往往处于一种缘情言志、抒情议论的夹缝中。所以避开纯粹抒情言志的文学样式，转而选择叙事性的文学样式，比如散曲杂剧，在娱乐性、故事性中一笑歌哭，寄寓情志，自娱自乐，也是不被重视的元代文人在社会中幽约存在的一种文学声音。

3.元代文学思想研究的局限——不离王朝和民族差别

元代文学形式之下的内容核心是元人的精神，而关于元代文学的思想，有对于元代文人心灵心态的研究，也有对元代社会背景、影响因素的研究，其视角都不离王朝和民族。张宏生在 20 世纪 90 年代初写成的《感情的多元选择——宋元之际作家的心灵活动》(现代出版社,1990 年版)一书，用忠爱、悲愤、反省、控诉、逃避、苦闷、忧悔、沉沦八个题目，分析宋元之际文人的心理特点。这是从王朝更替的角度来考察宋遗民对待新朝新族的心态。文化艺术出版社 1993 年出版的么书仪《元代文人心态》也以具体的作家为例，分析元代文人的特殊心态。她将元代文人的普遍心态总结了五条，即：

一是两宋和金都逐渐失去了权威，失去了号召力。士人普遍对汉族政权宋和女真政权金都感到失望……至于这新的君主是汉人还是夷狄，倒似乎是无关紧要的。

二是成吉思汗及其子孙君临中原以后，事实上在汉族人中(特别是在由金入元的士人中)民族情绪并不像想象的那么激烈和普遍，这可能与久经兵燹之后滋生的对于太平盛世、大一统的急切的、强烈的向往和对有能力收拾残局的蒙古君主的可能带有若干盲目性的信任有关。

三是战乱使人产生了与太平时期不同的对于生命的体验。因而导致了对于功名利禄的新的认识,对于亦隐亦俗生活方式的普遍认同,甚至对于耳目声色和口腹之乐的狂热追求。

四是元朝统治者与文人之间产生的轩轾,大多未超出传统的君臣矛盾的范围……只是这一点不被经常强调。

五是由于元朝八十年不开科举,使当时那些接受了儒家思想传统,并怀有拯物济世理想的文人的心灵受到伤害……错综复杂地纠合在一起,使元代文人的心态呈现出一种独特的面貌。①

其中,依次从宋金旧朝、元代新主、战乱社会、君臣关系、科举进取几个方面着眼,这是从社会背景的角度出发得出的元代文人的共同"社会心理"。1996 年乔光辉发表于《东岳论丛》的《元代文人心态与文学实践》一文,又认为元代文人有着挫于用世思想的超现实追求,有着闲逸心态,有着对节孝等传统道德的认同,而少数民族作家也逐渐接受了汉传统文化。他们大多从元代文人的心态不适及应对上考察,这又主要是基于异朝和异族的视角,所考察的还是以汉族文人为主的文士心态,这就未免有以偏概全之嫌。而乔光辉文中对少数民族作家心态,也只是泛谈汉化,还有待深入具体地研究。总之,

---

① 么书仪:《元代文人心态》,文化艺术出版社 1993 年版,第 6 页。

以上这些研究的着眼点还是王朝和民族。

1991 年邓绍基先生出版的《元代文学史》认为："元代儒士社会地位的下降"引出了"儒士危机感"，但"元王朝对待儒士的政策有一个变化的过程，笼统地说元代儒士受压迫或笼统地说他们受到重用都不符合历史实际"①。这是从儒士政策的角度分析影响元文人心态的原因。左东岭认为："形成元代文人心理状态的绝非民族歧视一端，而是两种文化撞击的结果"，"元蒙定鼎中原之后，始终未能完全纳入中原汉文化体系"②。这又从文化的角度分析了元代文人心态形成的原因。1996 年章培恒等主编的《中国文学史》认为：在元代"由于意识形态控制的放松，使得社会思想能够较多地摆脱传统规范的束缚"③。这是从意识形态上探讨原因，虽然没有直接以王朝和民族为考察基点，却也是间接地关联元代社会的异族统治。然而元文人心态的形成不止这几个方面，它是元代社会大气候背景下诸多因素共同作用的结果，其中，文人自身的学养和经历，其文学传承也十分重要。对于元代文学思想的研究，其实可以从文学本体和文人主体入手，而不是以历史外围来推断文学中的思想。

① 邓绍基主编：《元代文学史》，人民文学出版社 1991 年版，第 13 页。
② 左东岭：《元代文化与元代文学》，《郑州大学学报》(哲学社会科学版) 1991 年第 1 期，第 54 页。
③ 章培恒、骆玉明主编：《中国文学史》下册，复旦大学出版社 1996 年版，第 5 页。

第二章

元代文人身份的民族分流及士人心态

　　元代的文人构成具有一些特点,从横向共时的角度来看,主要是民族性问题,民族性主导下的元代文人着上了民族差别特性,而元代文学也具有异族征候。从纵向历时的视角来看,则涉及遗民身份及其所主导的遗民文学。元代文人的身份差别构成了别具特色的身份文学。在此基础上,元代的整体文学风貌也具有自身特色,一是基于叙事抒情的杂糅多体性,这以元曲为代表,表现为叙事的介入和抒情的自由解放。二是诗文这样的正统文学样式中的抒情呈现出自由之势,并相应而有了个性的突出和心态的平和,而平易正大和奇崛的文风都是文人相对自由的存在状态所促成的。

　　元代初期,多民族融合与文化混杂使社会在某些方面呈现出无序的状态,文化的重建是必要进行的任务。尽管这一时期社会的儒风相尚在很大程度上是对现实混乱思想的反拨,然而儒治仍是统治者的主要手段,儒教是士人倡导的主要方式,儒家思想依然扮演着重整社会秩序的角色。在这些文人士子中,元好问作为一代文坛宗主,由金入元,耶律楚材作为元初著名文人,更是辅佐蒙元王朝的大臣。两人都是影响很大的北方文人，具有引领潮流之功，都有着基于儒家思想的强烈的用世之心，是元初儒家用世文人的代表。然而他们的思想又具有北方文人本色的一面，有着其他思想的融入和鲜明的个性特色。

在学术上，元代承宋学和金源而来。宋学中有苏学和朱子之学的异流，而朱学内部又有各派，门派分别，壁垒纷争。金源之学兼容各家。元代统收宋金，一种派别纷争的学术生态也随着政治一统和社会形态划一而得以整合。这使得元代学术受旧有学术的影响，具有了宋金两代的特点，并且呈现出兼容并包、杂糅多样的态势。而宋末的朱学一尊在元代也失去了继续的土壤。这种学术上的历史趋向和整体风貌也影响了元代文坛和文学思想的形成。元代文人往往不执一端，而是兼取各家思想，包括儒学内部的理、气、心学和事功之学，以及释、道。这在元代南方文人身上体现较为明显，杂糅诸家思想的戴表元即为代表。

另外，元代文人心态整体上有重利的倾向，而且伴随着人欲的张扬。这主要是基于自身存在和功利的考虑，以及欲望的增强和表现的直接。利欲的张扬使文学创作整体上有走向直白的趋势。文人们从被拔高的境界雅尚回归到基本的人情利欲，有求真尚实和不矫揉作伪的因素，其内在的实质还是人情的显扬。而在这种心态笼罩下，元代文人多走向纵欲或者佛道思想，以求得宣泄或者中和，这也影响到元代文学的整体创作。

第一节　元代作家的民族、遗民身份及
文学的叙事扩张和抒情自由

　　每一个时代的文人们都有着不同的身份，影响着其不同的创作，身份差别下生成的文学也具有一定的整体特点。而在元代这个特定的历史阶段，文人们有着更为突出的身份差别。范梈《木天禁语》："翰苑、辇毂、山林、出世、偈颂、神仙、儒先、江湖、间阎、末学。已上气象，各随人之资秉高下而发。"①他将元代文人分为这样诸多不同的身份，如在朝、在野、释子、道人、儒士等，而且认为不同身份的文人会有不同的气质禀赋，这也影响到诗歌的气象风格。这里，我们可以从横向共时和纵向历时这两个角度来考察元代文人的身份差别，以及这种身份文学中的元人身份意识。而对元代文学的整体特点，则可以从元曲和诗文两类不同的文学样式，以及抒情叙事两个文学功用上面来进行把握。

　　一、地域、王朝问题带来的元代文人的民族性和遗民构成

　　1.横向共时：民族性主导下的文人民族差别特性和元代文学的异族征候

　　从横向来看，对元代文人的身份可有多种划分标准。以民

---

① 何文焕辑：《历代诗话》上册，中华书局 1981 年版，第 751 页。

族的标准可划分为少数民族、汉族作家;从地域上可划分为宋金、元朝统治区、元大都、南北、各行省的文人;以在朝在野的标准又可分为遗民、隐士、士夫、政客等;以学术思想为标准可划分为理学、道学家、释子,并生出士人和经学的论题;以文人主要擅长的文学体裁可以划分为诗人、文章家、小说家、曲家,以及诗剧、诗曲、文曲、文剧、诗文等文人的多元通融;以才艺为标准则分文人、书法家、画家等,如王冕等人;以性别标准可分为男性、女性作家。文人作为社会中的一员,必然是身兼多重身份,而我们以不同的划分标准来审视,其实也是对文人自身的多个属性和方面进行分析,从而以学理概念为基础和工具,更准确详细地对其进行研究把握。总之,从不同的角度可以看到元代文人不同的身份,以及其身兼多重身份的特点。在此视角下,又可以看到多重身份对元代文人和文学作品的影响,以及这些身份特点在其中所投射的印迹,甚至由此所形成的一种风格特点。从这个理论基础出发,可以产生出许多研究论题,我们可以突出元代文人的某种身份特点来进行研究,而可以有地域文学、女性文学、诗学、曲学、民族文学、理学家文学、画家文学等多个研究领域。我们也可以综合考察元代文人的多个身份特点,进行学理上的交叉比较研究,如理学与文学的研究、画家文人的研究、遗民诗人的研究,这样生出的论题又会很多。

而在元代文人的身份中,相当突出的一点,也是最具有元代本色的一点就是民族身份。蒙思明认为,不同的社会角色和身份使得"国内包含着各类矛盾:如阶级之间的矛盾,民族之间的矛盾,康里军人与一般平民之间的矛盾,不同宗教之间的矛盾,伊斯兰教内部不同派系之间的矛盾,甚至算端与母族之间的矛盾"①。其中,民族的矛盾是很明显的一种,可以说是元代社会各种矛盾产生的基础和背景。然而,关于民族矛盾,过去的研究者往往将其与阶级矛盾相提并论,然而这是有失偏颇的,阶级矛盾的分析法也并不适合于所有的研究,很简单,就像蒙思明说的:"既是阶级矛盾为主,就不能是民族矛盾;既是民族矛盾为主,就不能是阶级矛盾。"②民族的差别问题一直贯穿并笼罩着元代历史及社会的方方面面。"纵遇圣明过尧舜,毕竟不是真父母"③,元末朱元璋领导的农民大起义也是以"驱逐胡虏,恢复中华"为口号,而红巾军"穷极江南,富夸塞北"的起义理由也带有浓厚的南北之分和民族怨气。这种不平和怨恨甚至及于为元朝所用的汉族官僚士夫,要杀戮士夫。

研究民族差别对待,这与元代文学本身的民族特征,后人对元代文学的接受和研究存在有关,可以说这种差别对待,正是源于元代文学本身浓厚的民族差别性。民族性的问题作为一个时代特点,整体笼罩着元代文学的书写,而元代诸多文学作品,往往有一种浓厚的民族气息、异族特点,或者是受其影响,以排斥或认同的形式与其间接关联着。这是一个时代的大气候,也是一个时代文学的大脉动,我们需要从宏观上把握这种大的时代特色和文学动向来进行研究。这种元代文学的大

① 蒙思明:《元代社会阶级制度》,上海人民出版社 2006 年版,自序第 8—9 页。

② 蒙思明:《元代社会阶级制度》,上海人民出版社 2006 年版,自序第 12 页。

③ 郑思肖:《心史》,广智书局校印丛书第一种,广智书局 1942 年版,第 70 页。

征候,以及文人们在此之下的律动吟唱风格,其实在与其他汉族一统的王朝如汉、唐、宋等朝的对照比较中就可以明晰地显露出来。元代文学的异族气象与唐宋等朝的汉文化气象形成鲜明的对比。

然而,在把握元代的异族征候背景时,却不能夸大这种民族差别,把客观存在的民族差别性异化为一种民族矛盾,用阶级分析的方法去拢括一切研究。正如邓绍基先生在为幺书仪《元代文人心态》一书所作序言说:"长期以来,谈论元代文学的社会背景,总是比较强调民族矛盾和'九儒十丐'这类问题。但当这类历史事实和稗史记载被当作一个无所不纳的框架,或者由此形成为一种套说的时候,反而会导致种种失去历史真实性的误说。"①

民族差别不全是民族矛盾,还有交叉融合。元代文学的书写大多还是用汉文书写的,这就体现出异族融合、他语书写的问题。在蒙古建国之前,这个民族还没有自己的文字,《蒙鞑备录》记载成吉思汗建国之前,"凡发命令,遣使往来,止是刻指以记之"②,并且"后来逐渐采用畏兀儿文字书写蒙古语,创制了畏兀儿蒙古文。1269年忽必烈命国师八思巴采用藏文字母创制了'蒙古新字'作为官方的蒙古文。而于文学创作,尚是一片"不毛之地"③。

然而就是在这种异族参与、他语书写的大趋势下,元代的

---

① 幺书仪:《元代文人心态》,文化艺术出版社1993年版,序第2页。
② 孟珙:《蒙鞑备录》,《丛书集成初编》本,商务印书馆1939年版,第2页。
③ 张晶:《辽金元诗歌史论》,吉林教育出版社1995年版,第260页。

文坛还是呈现出繁荣的景象，清代顾嗣立编选元诗时就引元人欧阳玄之语："中统、至元之文庞以蔚"①，这足见异族性对元文学的发展不是限制，而是增进。

元代文人，统治和主导风尚的统治者们，以及文学的广大受众，所有的群体都大量地参入异族身份，这必然使整个文学现象和风气都注入异族的因子，在包括审美、形式、题材、体裁、思想、价值观、性情等各个方面都渗入异族的风格。而文人主体及其影响者和受众身份的异族加入，他民族异风异调的渗入，对元代文学产生了整体性的影响。文人、学人群体混杂，其自我意识也渐淡，少数民族以讲述先民英雄故事为尚的文学被发扬从而促进了戏曲小说的生成，整体表现出重感性而话语简单的态势。

2.纵向历时：遗民身份主导的遗民文学

纵向来看，元代文人的差别主要是基于具体历史阶段的身份异同，可以粗略划分为金元之际、宋元之际、元中期、元明之际的文人。由金入元或者由宋入元的文人作为旧朝遗民，在金元、宋元之际无疑有着存在的尴尬性，因而也避免不了其文学书写的尴尬。而由元入明的文人又作为新朝旧臣，在文学写作中总会留有旧的影子。他们都在历史的碾进中接受了朝代的更替，无论情愿与否，也无论是表面接受还是内在认可，至少他们都处于尴尬的境地，因为要面对自己的思想信仰、生存问题，还有后人的评论。这就有了一个大的论题，即关于遗民作家群的研究。

---

① 顾嗣立编：《元诗选》初集，中华书局 2002 年版，凡例第 8 页。

在这些遗民群体中，往往会有一些自明其志、拒仕新朝的人，他们不能像文天祥、谢枋得那样以激烈的抗争形式死节，而选择以隐居的方式表明其不合作的态度。因于其隐逸的直接目的性，他们的隐逸情怀不能是真的自然洒脱，而是加注了一种"忧怀激烈"的故国之音，以及倦于所见争战后的浮世幻灭之感和自身的生命愁惘，甚至个体穷达的无奈感伤。其情绪的激烈抒写已远离了隐者的恬然自得，而是表现失意了。如在金朝为翰林文字的李俊民，金南渡后隐于嵩山，元朝招之不仕，四库馆臣为《庄靖集》作提要，说其"集中于入元后只书甲子，隐然自比陶潜，故所作诗类多幽忧激烈之音，系念宗邦，寄怀深远，不徒以清新奇崛为工"①。李俊民在《即事》一诗中感叹争战："铁马长驱汗血流，眼前戈甲几时休？"②在《白文举王百一索句送行》中怅怀世事："世事纷纷乱似麻，不堪愁里度年华。"③他目睹战乱，感受着浮世人生，时空流易，千变万化，伴随着一种怅惘愁怀，《和子荣》一诗中吟咏"浮云世事日千变，流水生涯天一方"④，《调祁定之》中说"浮世几场漂杵血，流年一局烂柯棋"⑤，将战乱、浮世、人生、离别、时间几大主题同时

----

① 纪昀、陆锡熊、孙士毅等总纂，四库全书研究所整理：《钦定四库全书总目》下册，中华书局 1997 年版，第 2200 页。

② 魏崇武、花兴等点校：《李俊民集　杨奂集　杨弘道集》，吉林文史出版社 2010 年版，第 61 页。

③ 魏崇武、花兴等点校：《李俊民集　杨奂集　杨弘道集》，吉林文史出版社 2010 年版，第 45 页。

④ 顾嗣立：《元诗选》初集，中华书局 1987 年版，第 108 页。

⑤ 顾嗣立：《元诗选》初集，中华书局 1987 年版，第 112 页。

表现了出来。这与真正的隐逸主题和隐逸诗风,如清新、潇散、恬淡、自然等是大相径庭的。戴表元是由宋入元的文人,一生大多数时间隐于浙东山水之间。他的歌行体诗中多有直接写悯伤时乱者,悲忧感愤,抒情直接,平白如话,无奈的愁怀呼之而出,情绪十分浓烈。《夜寒行》直接诉说:"昨日天寒不成醉,今日天寒不成寐。醉迟得酒可强欢,寐少愁多频发喟。"①这也大不同于真正的隐逸诗风,倒是近于元白歌行。在感怀世乱之外,他还感叹着个人境遇的"穷""拙",《丁丑岁初归鄞城》说:"城郭三年别,风霜两鬓新。穷多违意事,拙作背时人。雁迹沙场信,龙腥瀚海尘。独歌心未已,笔砚且相亲。"②

即使在他的一些清丽的绝句中,也总是隐隐地埋藏着时流世乱、独身难安的伏笔,如《西兴马上》:"去时风雨客匆匆,归路霜晴水树红。一抹淡山天上下,马蹄新出浪花中。"③风雨之后的"马蹄""浪花"总有余悸未平之感,而晴天"淡山""水树"始红,也有着霜冷之痕和风雨之迹。

对一个文人会产生影响或冲击的时间断限,除了王朝的更迭,还有他个人人生中的大事经历,这又包括入仕前后、归隐前后,入职及游历行迹的地方变更,如在京还是在地方,其青年、壮年、万年的差别,影响思想情感而发生较大变化的事件,如学于某人、某个文人集会等,这些都是历时性考察文人所应注意的问题,其构成个别文人诸多时段和

---

① 顾嗣立:《元诗选》初集,中华书局 1987 年版,第 232 页。
② 顾嗣立:《元诗选》初集,中华书局 1987 年版,第 241 页。
③ 戴表元:《剡源文集》卷 30,文渊阁《四库全书》本。

区分特征的研究。

二、民族性主导下的元代文学整体特点：叙事扩张和抒情自由

1.基于叙事抒情的杂糅多体文学：以元曲为代表的叙事介入和抒情的自由解放

而从文学作品来看，元代文学有其自身的作品构成和文体分布，并且具有元代特色。叙事性和抒情性的粗线融合是元代诸体文学的主要特点，这表现在新生成并成熟的文体如散曲、杂剧中，也表现在旧有文体形式内容的变化上。直白的抒情和直接的叙事又是这样的文体特点中呈现的一种趋势。

元曲是元代代表性的文体，元曲的生成和文学特性本身就足以说明元代文学的叙事增强和抒情的自由，因而本文暂不讨论其他文体样式。

元曲的叙事性较以往的文学样式大大增强。"曲"是元代的标志性文体，张晶先生将其解为"歌诗""剧诗"，反映了其诗语本质和不成熟的叙事性。他说："曲分散曲(小令、套数)与戏曲(杂剧、传奇)：前者是歌诗，是词体的解放和扩展，也是民歌和市民小唱的一种演进；后者是剧诗，是散曲和戏剧相结合的产物，在歌诗基础上再加宾白和科介，是具有更高综合性的艺术。"①他把散曲理解为词、民歌、市民小唱的演进。将戏曲理解为散曲基础上的戏剧性(滨白、科杰)注入，他对元曲"歌诗""剧诗"的"诗"性定位则是看到了"曲"这一种文体的诗性抒情

---

① 张晶：《辽金元诗歌史论》，吉林教育出版社 1995 年版，第 378-379 页。

元杂剧陶俑

本质。然而,它又毕竟由以诗歌为代表的正统雅文学的抒情性走向了叙事性和舞台表演性。散曲是诗与杂剧的过渡,散曲中的重头小令增加了语言表述的空间,更是故事性与抒情性的结合。同时,戏曲是韵语抒情文学与叙事文学的粗略结合,因于戏剧中诗词的几近泛滥的介入,用以表现人物心理、描画场景、连接叙事,等等,我们可以不准确地说杂剧是小说与诗词的结合。

曲的音乐性和舞台演出性使其叙事性带上了更为直观的娱乐视听效应,而抒情的效果也更为强烈。由"诗"到"歌",而且是"民歌""市民小唱",由吟咏诵读到歌唱,这是韵语文学在音乐性上质的膨胀,这就是"曲"区别于以往其他韵语文学的本质特征,也是"曲"这一名目生成的原因。不管是"散曲",还是"戏曲",它们都是"曲",都有音乐的介入,只是界入的音乐媒介不同。散曲又称"乐府""小乐府""新乐府",因为它与音乐有关。然散曲又称"清曲",因为相对于"戏曲"而言,它是"清唱"的,主要是人声歌唱,不像"戏曲"还需加入宾白和动作,也不需其他乐器的配合。明代魏良辅说:"清唱,俗语谓之'冷板凳',不比戏场借锣鼓之势。全要闲雅整肃,清俊温润。"①

在叙事性增强的同时,元曲的抒情更为自由和形象生活化,它将文学的抒情直接化为生活的事件,使抒情具有了具体的事由和内容。张晶先生对于"曲"的"歌诗""剧诗"解,将"曲"的"诗"语性、音乐性、舞台叙事性三个特征十分有层次地概括起来。而这三个特征都有利于加重"曲"的自由抒情的特点。诗语文学本来就是语言艺术,是语言想象的抒情,而音乐是听觉艺术,更是直观的听觉抒情,它们都使得"曲"的抒情性具有了更浓郁更直接更自由的特点。而基于叙事性和舞台要求而对于诗语体裁、入乐曲调限制的放宽,例如口语衬字的加入,多种曲牌曲调的大量汇入和灵活运用,不仅营造了诗语叙事的空间,也使得抒情表现的空间大大得以拓展,"曲"的抒情有了程度上和容量上的伸缩,总之,抒情更加自由了。对此,明人王骥德有很好的概述,他说:

> 晋人言:"丝不如竹,竹不如肉。"以为渐近自然。吾谓:诗不如词,词不如曲,故是渐近人情。夫诗之限于律与绝也,即不尽于意,欲为一字之益,不可得也。词之限于调也,即不尽于吻,欲为一语之益,不可得也。若曲,则调可累用,字可衬增。诗与词不得以谐语方言入,而曲则惟吾意之欲至,口之欲宣,纵横出入,无之而无不可也。故吾

---

① 魏良辅:《曲律》,载中国戏曲研究院编:《中国古典戏曲论著集成》第 5 集,中国戏剧出版社 1959 年版,第 6 页。

谓：快人情者，要毋过于曲也。①

清人刘熙载《艺概》则说："词如诗，曲如赋"②。"赋"体乃是"铺也，铺采摛文，体物写志也"③，它写物，写人的情志，而且语言修饰的空间很大，能"铺采摛文"，抒情自然也就相对自由得多。"曲如赋"，则曲的抒情写志也就相对诗词要自由得多。

抒情结合叙事，文体和风格都呈自由解放之势，这是元代文学的一个特点。叙事性也渗入其他诸多文体，使得元代的诗词文也具有了元代的豪放、直白特色，当然，这也带来雅俗之辨。而诗与剧、诗与散曲、文与散曲、文与杂剧、诗与文等文体的多元通融，也促成了元代文学的杂糅多体和自由之势。在诗学上，元人的诗法诗格类著作较多，这一方面影响后来的诗学走向，也体现了元代文学风气的重实际和直白功利等特点。

2.诗文中的抒情自由：个性突出与心态平和

除开以北方作家为主导的元曲，在多由南方作家为主导的诗词文领域，有两股风气，即重个性自由和平易正大之风。而文风中的个性突出，首先是文人的个性别出，而文人的个性又与其出生和生活的地域环境有关系。由地域分野及地域文化的差异而促成的文学上的类属个性，在元代文学中十分明显。另外，这也与元代盛世一统的大征候相呼应。

在元代对文人较为宽松的政治环境中，蒙元统治者不太

---

① 王骥德著，陈多、叶长海注释：《王骥德曲律》，湖南人民出版社1983年版，第211-212页。

② 刘熙载著，王气中笺注：《艺概笺注》，贵州人民出版社1980年版，第363页。

③ 刘勰著，范文澜注：《文心雕龙注》，人民文学出版社1958年版，第134页。

重视诗文正统文学,而对后起的具有娱乐性质的戏剧较为感兴趣,这促成了文坛"文倡于下"的整体特征。与宋代文人多由科举为官参政,实现其人生价值有所不同,元代诗文作家的生存模式和生活内容多是隐逸、游历、雅集、题画,这几乎成了当时诗坛的风气。而在自由的存在状态,一统的政治气候和大元气象笼罩下,元代的文人更加自由,这形成了元代文坛两大趋势:一是个性突出,二是心态平和。前者在元代初期和晚期,由于兴衰错落,朝代改易,社会风云变幻,波及影响文人的心态情绪,而尤其突出。元初有江西庐陵刘将孙、赵文等提倡性情,元后期有杨维桢,更是个性张扬。但在明朝建立之后,这种政治上的相对自由被统治者收回,一些极具个性和思想的文人也被压抑甚至残害,由元入明的高启即是很好的一个例子。后者则主要在元代一统、社会较为安定的情况下,形成一种普遍的盛世文风,这当然也有宋代程朱理学延入元代所产生的影响。理学的心性平和自然,境界阔大端宁,也与元代安宁一统、文人拥有宽松的环境和相对自由的生存状态十分契合。许多文人同时也是主于理学的儒者,如吴澄等人。这种思想基调与身份兼居,使得元代中期的诗文理论和主张主于"自然""自得"。这里面又包含求真不伪的意味,要求真实的感情和不矫揉造作的创作,在这点上,它与张扬个性、追求自然真性情一类的文人又是一致的。然而,理学思想为基的儒者文人们又讲求"约情归性",以"天理民彝"为标准,这一方面由个体的"情"位移到普遍的"性",一方面又由个人关注滑向了社会关怀,并且在程度上从激烈动荡走向了深邃平和。

在元代相对自由的大气候下，元代文坛始终贯穿这求真不伪的思想主导，只是情绪上由浓到淡，从张至敛，由个体到社会，这个趋势在元代后期又开始反归，整体上完成了一个随王朝兴衰而由个性到共性再到个性的过程。这是其大体上的脉络走向，而在这个整体的风向之下，在元代相对自由的话语环境下，文坛风格多样，对诗法的要求也比较自由，各有所宗，或者"师古"，或者"师心"，或主唐，或宗宋，呈现出自由之势。

总之，综观元代的文人构成，可以从共时的民族性问题，以及历时的遗民问题来进行把握。而关于元代的整体文学风貌，则可以从抒情和叙事两个文学特性来观照，元曲的生成与文学特点已足以说明并代表元代文学的一种整体趋势，即自由杂糅。而在诗文这样的正统文学样式中，抒情也更为自由，个性的突出和平易正大的文风，其实都是元代文学抒情自由的一种表现。

第二节　元初北方文人的儒家用世情怀
和南方的杂糅诸家思想

一、无序中的文化重建：儒教在元代社会

1.元朝统治者的儒治

元代是蒙古族入主的社会，濡染着北方民族的质实风气。由于民族文化性格偏粗犷重实用的关系，统治者们对于意识

形态的控制并没有太多注意。蒙思明说:"由于元代统治的粗疏,特别是在意识形态方面的控制没有过去那样的严格,人们有机会摆脱旧意识形态的某些束缚。"①他们不像其他朝代的统治者那样小心敏感,他们并不怎么排斥汉人,反而积极起用汉族儒士,而且他们也尊重汉族文化,任用文人。政府"面对汉人、南人入仕途的限制,则是元初稍宽,而元末则更宽。不仅略增科目入选的名额,而且开纳粟补官的途径,废南人不入省、台、院为长官的旧例"②。忽必烈即位之前就认为三纲五常为"人道之端,孰大于此,失此,则无以立于世矣"③。(《窦默传》)他即位后"立十路宣抚司",中亦多为儒士。元仁宗也曾说:"所重乎儒者,为其握持纲常,如此其固也。"④(《李孟传》)

　　首先,蒙元王朝对待汉人的态度不是绝对的强硬排斥。其实在元人南下灭宋时,对待汉人就不是一味残暴,杀人屠城,而是以招降为主。"伯颜之下江南,竟以不戮一人比美于曹彬。是元之对江南,决未尝如对河北之残暴。"⑤当然,伯颜此举,主要还是遵照忽必烈的意思。他南下伐宋之前,忽必烈就曾谕之:"昔曹彬以不嗜杀平江南,汝其体朕心,为吾曹彬可也。"⑥(《伯颜传》)这里也不无蒙古族对于高度发达的汉文化的崇慕和推敬心理。孟珙《蒙鞑备录》所记蒙人"城破,不问老幼妍丑

---

　① 蒙思明:《元代社会阶级制度》,上海人民出版社 2006 年版,第 10 页。
　② 蒙思明:《元代社会阶级制度》,上海人民出版社 2006 年版,第 4 页。
　③ 宋濂等:《元史》卷 158,中华书局 1976 年版,第 3730 页。
　④ 宋濂等:《元史》卷 175,中华书局 1976 年版,第 4085 页。
　⑤ 蒙思明:《元代社会阶级制度》,上海人民出版社 2006 年版,第 34 页。
　⑥ 宋濂等:《元史》卷 127,中华书局 1976 年版,第 3100 页。

贫富逆顺皆诛之,略不少恕"①,未免因为民族情结有些夸大和歪曲。虽然蒙军确实有破城杀民的习惯之举,如刘因《孝子田君墓表》:"老者杀……后二日,令再下,无老幼尽杀"②,《武遂杨翁遗事》:"保州屠城,惟匠者免。"③但这主要是在北方地区,如保州,对于南方诸城,还是有所节制的。

其次,元初统治者经常提拔汉族士人。入元后,元世祖注重农业发展,而且与汉臣论当时牧守,关心世治,提拔汉族士人。《元史》卷一百九十一《良吏传序》说:"元初风气质实,与汉初相似。世祖始立各道劝农使,又用五事课守令,以劝农系其衔。"④《元史·谭澄传》中记载:"世祖尝与太保刘秉忠论一时牧守,秉忠曰:'若邢之张耕,怀之谭澄,何忧不治哉!'"⑤他也求贤访文,常常与汉族大臣如刘秉忠论治民、改制、吉士等。未称帝时,他便延文学之士。《元史·世祖纪》载:"帝在潜邸,思大有为于天下,延藩府旧臣及四方文学之士,问以治道。"⑥称帝之后,更是如此。在金莲川藩府招集的文人贤士,在他称帝后大多得到任用。李谦《中书左丞张公神道碑》记忽必烈在金莲川府邸,"招集天下英俊,访问治道,一时贤士大夫,云合辐凑,争进所闻,迨中统至元之间,布列台阁,分任岳牧,蔚为一代名臣

---

① 孟珙:《蒙鞑备录》,《丛书集成初编》本,商务印书馆1939年版,第5页。

② 刘因:《静修先生文集》卷4,《丛书集成初编》本,中华书局1985年版,第80页。

③ 刘因:《静修先生文集》卷4,《丛书集成初编》本,中华书局1985年版,第64页。

④ 宋濂等:《元史》卷191,中华书局1976年版,第4355页。

⑤ 宋濂等:《元史》卷191,中华书局1976年版,第4357页。

⑥ 宋濂等:《元史》卷3,中华书局1976年版,第57页。

者,不可胜纪"①。《元史·刘秉忠传》载:"世祖即位,问以治天下之大经、养民之良法,秉忠采祖宗旧典,参以古制之宜于今者,条列以闻。于是下诏建元纪岁,立中书省、宣抚司。朝廷旧臣、山林遗逸之士,咸见录用,文物粲然一新。"②《元诗选·初集·鹤鸣老人李俊民》记,世祖曾说"朕求贤三十年,惟得窦汉卿及李俊民二人"③云云。《许楫传》载,许楫"年十五,以儒生中词赋选",后被世祖起用。"一日,从省臣立殿下,世祖见其美髯魁伟,问曰:'汝秀才耶?'楫顿首曰:'臣学秀才耳,未敢自谓秀才也。'帝善其对,授中书省架阁库管勾,兼承发司事。"④此时以文学为官的人也很多,《周自强传》载其:"好学能文,练于吏事,以文法推择为吏。"⑤

2.秩序的重整:混乱社会中的儒风相尚

元代社会由宋金而来,受到战乱的洗礼,又受到蒙古族具有原始豪放色彩的部群文化的直接冲击,同时,多种民族与汉族融合,南北风气交汇,整个社会的形态、制度、习俗、风气,包括人们的道德观念、价值取向、文化认同等等,都在进行一个融汇的过程。汤晓方在《论元朝文化的历史地位》一文中说:"元代文化更具有兼容并蓄的特点,中原文化、北方草原文化、边疆各族文化、中亚伊斯兰文化、东欧基督教文化、南亚佛教

---

① 苏天爵编:《元文类》下册卷58,《国学基本丛书》本,商务印书馆1936年版,第844页。
② 宋濂等:《元史》卷157,中华书局1976年版,第3693页。
③ 顾嗣立:《元诗选》初集,中华书局1987年版,第99页。
④ 宋濂等:《元史》卷191,中华书局1976年版,第4358页。
⑤ 宋濂等:《元史》卷192,中华书局1976年版,第4369页。

文化等,都在元朝得到广泛交流与传播,它们大大丰富了元代的文化,并在元文化中留下各自的印记。"①这个过程不是酝酿出了一种新型的稳固的社会文化形态,而是在杂乱的融合、碰撞中呈现出无序的状态。这在元初社会更是如此,但它又不是全盘浑融的状态,而是继续着之前宋金南北对立的模式,其社会形态始终存在南北的明显差异。南北差异伴随着民族问题,是元代社会的一个主要问题。蒙思明在《元代社会原有之阶级》中说:"至于蒙古征服全部中国之后,其社会形态之所以南北互异者,亦于此树立其基础焉。一则由于金、宋社会阶级形式之不同;二则由于蒙古政府政策前后之互异。"②

然而不管怎样,整个元代都面临着一个社会重建的问题,这包括经济、制度、文化、道德多个方面,从经济重建到意识形态的重构。虽然这个重建并未被作为一个重大的内容提出而得以实施,但有见识的士人总是在自觉地承担起重整秩序和重建社会风气的责任。有的士人以儒家礼仪治家,《郑文嗣传》载郑家:"文嗣殁,从弟大和继主家事,益严而有恩,家庭中凛如公府,子弟稍有过,颁白者犹鞭之。每遇岁时,大和坐堂上,群从子皆盛衣冠,雁行立左序下,以次进。拜跪奉觞上寿毕,皆肃容拱手,自右趋出,足武相衔,无敢参差者。见者嗟慕,谓有三代遗风。状闻,复其家。部使者余阙为书'东浙第一家'以褒之。"③

① 汤晓方:《论元朝文化的历史地位》,《内蒙古社会科学》1985 年 5 期,第 37 页。
② 蒙思明:《元代社会阶级制度》,上海人民出版社 2006 年版,第 36 页。
③ 宋濂等:《元史》卷 197,中华书局 1976 年版,第 4452 页。

有的诗人尊孔重学,诗书为教,如《元史·段直传》载段直任泽州长官时:"大修孔子庙,割田千亩,置书万卷,迎儒士李俊民为师,以招延四方来学者,不五六年,学之士子,以通经被选者,百二十有二人。"①

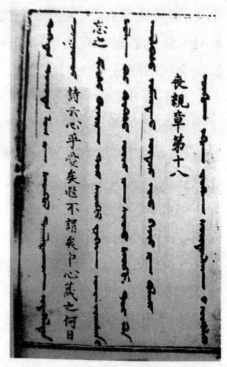

元刻本汉蒙文《孝经》

《刘耕孙传》记临武县尹刘耕孙在任期间,以儒家诗、书教化民众:"召父老告之曰:'吾儒士也,今为汝邑尹,尔父老当体吾教,训其子弟,孝弟力田,暇则事诗、书,毋自弃以干吾政。'乃为建学校,求民间俊秀教之,设俎豆习礼让,三年文化大兴。"②

《周自强传》也载其任职期间,在判案时多以经典诲民:"民有以争讼诉于庭者,一见即能知其曲直,然未据加以刑责,必取经典中语,反复开譬之,令其诵读讲解。若能悔悟首实,则原其罪;若迷谬怙恶不悛,然后绳之以法不少贷。"③

《樊执敬传》记载,樊执敬见帝师不拜,其理由是:"吾孔氏

① 宋濂等:《元史》卷192,中华书局1976年版,第4364页。
② 宋濂等:《元史》卷195,中华书局1976年版,第4415页。
③ 宋濂等:《元史》卷192,中华书局1976年版,第4369页。

之徒,知尊孔氏而已,何拜异教为?"①这些为官者之所以重教,而且又特别教以汉族的儒家经典,正从另一方面反映出元代社会文化的亟待重整。

在士人导风的同时,整个社会都以读书为尚。首先,统治者予以重视,以文学而得推官的人很多。《元史·杨朴传》载其:"早以文学得推择为吏,任至滁州全椒县尹。"②其次,少数民族也重视儒教。《拜住传》记康里人拜住的话:"且吾祖生朔漠,其言尚如此,今吾生长中原,读书国学,而可不知大义乎!"③另外,读书人之间,也以读书相尚,蔑视那些没有真才实学的人。不仅如此,在民众之中也存在尊重读书人的倾向,甚至一些乱军都是如此。《元史·颜瑜传》记载至正年间,身为"教谕"的颜瑜遇田丰乱军,"贼执瑜曰:'尔书生,吾不尔杀,可从我见主帅。'"④《杨乘传》记载:至正年间,张士诚派张经招杨乘,而杨乘"让经平日读书云何,经俛首不能对",最后乘自杀也未屈服。

总之,这个社会呈现出一种趋向于原始而又混乱的风气和风貌,汉族诗书礼仪的儒家教化,成为社会道德重建的一个重要方面和必然途径,读书成为时尚。这里面参有少数民族对繁荣悠久的汉族传统文化多少因于陌生化而产生的崇拜,然混乱社会秩序的重整需要才是其主要原因。

---

① 宋濂等:《元史》卷 195,中华书局 1976 年版,第 4412 页。
② 宋濂等:《元史》卷 194,中华书局 1976 年版,第 4401 页。
③ 宋濂等:《元史》卷 196,中华书局 1976 年版,第 4431 页。
④ 宋濂等:《元史》卷 194,中华书局 1976 年版,第 4400 页。

二、元初北方文人的用世之心——以元好问、耶律楚材为例

在元代初期，由于社会转型时期新的朝廷政权在政治文化上有用士的需要，主流儒家思想和儒治的社会性流行，以及北方少数民族文化影响下大丈夫事功思想的高涨，使得这一时期文人用世之心比较强烈。有些为官的士人会受到一种北方风气的影响，重"义"而轻儿女之情，士人的整体习气偏尚大丈夫事功声名，而对儿女情怀则有不屑之势。《元史·卜天璋传》载卜天璋与御史被谮而拘内廷的事："御史对食悲哽，天璋问故，御史曰：'吾老，唯一女，心怜之，闻吾系，不食数日矣，是以悲耳。'天璋曰：'死职，义也，奈何为儿女子泣耶！'御史惭谢。"①即使是江南一带的汉人，也尚气节，而且不苟事言说。《元史·王艮传》载："王艮字止善，绍兴诸暨人。尚气节，读书务明理以致用，不苟事言说。"②

要之，在元代，汉人受北方少数民族影响以及少数民族的汉化，无论从文化上，还是从民族习气上，都是一个不可避免的事实。然而他们的用世之心又混杂了其他多种情感因素，其中不免有佛老思想的融入。在这些文人中，元好问是文坛宗主，耶律楚材是蒙古大臣，他们无疑有着代表性。

1.一代文宗元好问的用世情怀

元好问(1190—1257)，字裕之，号遗山，秀容(今西忻州)

---

① 宋濂等：《元史》卷 191，中华书局 1976 年版，第 4360 页。

② 宋濂等：《元史》卷 192，中华书局 1976 年版，第 4370 页。

人，系出北魏鲜卑鲜拓跋氏。其"为一代宗匠，以文章伯，独步几三十年，铭天下功德者，尽趋其门。"（郝经《遗山先生墓铭》）。[①]其对于后代诗人影响颇深，以致有"晚生恨不识遗山，每诵歌诗必慨然"[②]（刘因《跋遗山墨迹》）的说法。在诗学上，他学承正统，取效风骚，追仿李杜，并直接接响苏黄。

不仅如此，他还是一位奔走于名场的士人，同时以其高层文人的身份主持文坛，影响文风，引领当时的一代风潮。他自荐修史，建议二王监国，建议保护人才，蠲免儒户兵赋，尽到了一代文坛领袖的职责。钱锺书先生说："元遗山以骚怨弘衍之才，崛起金季，苞桑之惧，沧桑之痛发为声诗，情并七哀变穷态百。"[③]在文人和政治家双重身份的互演下，他的文学情感充满了政治家的现实色彩，对于天下苍生的悲悯情怀，一种因为社会责任感产生的忧虑忧思，以及自己身处名场的文人式个人感怀。而他的从政思想，也不可避免地具有很强烈的文人感性色彩和伤怀气息。

对于自己从政的现状，他坚持"立心于毁誉失真之后而无所恤，横身于利害相磨之场而莫之避"（遗山文集·写真自赞），不管多么艰难，有"毁誉失真"，有"利害相磨"，但他还是无所退避。然而身处被囚的困境，他也只能是"身并枯蝈化，心争脱兔先"（癸巳除夜），盼望着"暗中人事忽推迁，坐守寒灰望复燃"（甲申除夜）。

---

① 陶秋英编：《宋金元文论选》，人民文学出版社1984年版，第465页。
② 郭绍虞等：《万首论诗绝句》，人民文学出版社1991年版，第168页。
③ 周振甫、冀勤：《钱锺书〈谈艺录〉读本》，中央编译出版社2013年版，第449页。

看到天下攘夷，他记录："红粉哭随回鹘马"，"白骨纵横乱似麻"（《遗山文集，癸巳月三日北渡三首》），这不仅有着杜诗忧国忧民的深致情怀，连诗的用词手法都比较相似。"红粉哭随回鹘马"，同杜甫《兵车行》"牵衣顿足拦道哭，哭声直上干云霄"有某些相似性。"白骨纵横乱似麻"，则是杜甫同首诗结尾"君不见，青海头，古来白骨无人收"的再次描画。元好问很好地继承了杜诗沉郁的风格，在诗里注满忧国忧民之思。元好问的这类诗被称为"纪乱诗"，张晶先生认为，"悲壮淋漓与雄浑苍莽的融合，乃是遗山'纪乱诗'的特点"，"遗山'纪乱诗'还是悲痛中的浩歌，而入元后的这类诗则是痛定思痛的低吟"①。这些说法应是针对丧生大众，而不仅是针对朝代的更迭，如果说元好问仅仅是痛旧朝消亡，则未免太过主观。

在身为南冠楚囚的时候，他十分悲感地吟唱道："漫漫长夜起浩歌，清涕晓枕留余潜"（《南冠行》），作为一代文宗，他也在长夜漫漫中泪流满枕，政治生涯的际遇转成了一种略带凄凉色彩的生命之感。他在《九日登平定涌云楼故基，楼即闲闲公所建》中说："流水浮生今几许，高秋云物自凄凉。"这种凄凉的人生感怀在"睡"、"醉"酒和"林泉"风景中得到消释。他说"世间除睡更无甜"（《癸卯望宿中霍道院》），又说"一尊独爱醉时歌"（《送李同年德之归洛西二首》），还说："四海虚名直几钱，世间何限好林泉"（《己酉四月十七日度石岭》），在陶醉于林泉之乐的同时看穿了"虚名"之累。

回味自己一生，他开始反思自己的从政意义，反思一生

---

① 张晶：《辽金元诗歌史论》，吉林教育出版社 1995 年版，第 263 页。

辛苦都是为谁:"名场奔走竞官荣,一纸除书误半生。笑向槐花问前事,为君忙了竟何成?"(《伦镇道中见槐花》)他又说:"衣上缁尘元自化,镜中白发为谁新?"当然,这并不是否定他自己一生的政治生涯,而是将对外的事功心理转向对内,对生命个体的关注,这种感情里面其实稍微带有一点骄傲和自我满足,然而又充满人生不足的淡淡悲怀。于是在他年老的时候,心绪走向一种孤独的宁静,进行着"水际时独往,花边知几回"(《庚子三月十日作》)的生活,同时回归文学的自娱自乐,在吟诗作文中隐遁休栖大半生疲惫的心灵,而给人一种愈老愈"痴顽"的表象,而实际上他此时段的心理是苍然成熟的,我们可以感觉他的诗文在经历生命积淀之后的一种沉重况味:"衰年哪与世相关,苦被诗魔不放闲。好个旧家长乐老,无才无德只痴顽。"

2.耶律楚材的儒释风味

耶律楚材(1190—1244),字晋卿,号玉泉老人,又号湛然居士,是辽太祖耶律阿保机的九世孙。耶律楚材在太宗时官至中书令,有《湛然居士集》传世,其中诗歌所占比例很大,纪昀等所作提要还怀疑其"文止于斯,不敌诗之三四,意者尚有佚遗欤",又猜测其"或经国之暇,惟以吟咏寄意,未尝留意于文笔也"①。关于耶律楚材诗文流传及散佚情况,可参看王国维先生所撰《耶律文正公年谱》。

耶律楚材受佛家思想影响较深,其诗作自然也颇有禅悦

---

① 纪昀、陆锡熊、孙士毅:《钦定四库全书总目》卷 166,中华书局 1997 年版,第 2201 页。

之味。纪昀等引王士禛《池北偶谈》称其诗"颇有风味",而"其集多禅悦之语",又考僧行秀所作序称其"年十七受显诀于万松,尽弃宿学,其耽玩佛经盖亦出于素习"①。然他不提倡专门的隐居修行打坐,而是主张"大隐隐于市",其诗《和松月野衲海上人见寄二诗》:"小隐居山何太错,居廛大隐绝忧乐。山林朝市笑呵呵,为报禅人莫动着。"②

耶律楚材像

① 纪昀、陆锡熊、孙士毅:《钦定四库全书总目》卷 166,中华书局 1997 年版,第 2201 页。

② 耶律楚材著,谢方点校:《湛然居士文集》,中华书局 1986 年版,第 138 页。

他的思想融合儒释两家，要以儒家为主。查洪德先生在《耶律楚材的文学倾向》一文中认为："佛教禅宗不立文字、教外别传的主张，道家得意忘言的理论，成为他文学观念的思想基础。"[1]耶律楚材自己也感叹所处的时代"斯文将衰儒风歇，真智难明佛日沉"[2]（《和抟霄韵代水陆疏文因其韵为诗十首》）。他讲求"以儒治国，以佛治心"[3]（《寄万松老人书》），在《寄用之侍郎序》中对此阐述得更为明晰："予谓穷理尽性莫尚佛法，济世安民无如孔教。用我则行宣尼之常道，舍我则乐释氏之真如，何为不可也！"[4]纪昀等引王邻语说其"旁诣极通，而要以儒者为归"。儒释思想的融合，在宋代促生了理学的产生。耶律楚材由金入元，彼时北方也受理学的濡染，他本身对儒释两家思想的兼融，更使得他的思想具有了理学家的特点，使他的性气风貌具有了"刚正"的"道派"特征，包括"深""厚""静""粹"的佛家"善渊"功夫。孟攀鳞序《湛然居士集》则就其"湛然"称号论及于此："夫湛然之称，不可以形寻，不可以言诘。其处之也厚，其资之也深，静于内为善渊，演于外为道派。即其性而见其文，与元气俱粹然一出于刚正。"[5]耶律楚材用"湛然"为号，也不无明心见性的理学意味。

　　受到儒释二家思想的交互作用，耶律楚材的诗作于是"虽时时出入内典，而大旨必归于风教"。这种影响及于他的

---

① 查洪德：《耶律楚材的文学倾向》，《文学遗产》1994年第6期，第78页。
② 耶律楚材著，谢方点校：《湛然居士文集》，中华书局1986年版，第71页。
③ 耶律楚材著，谢方点校：《湛然居士文集》，中华书局1986年版，第293页。
④ 耶律楚材著，谢方点校：《湛然居士文集》，中华书局1986年版，第130页。
⑤ 耶律楚材著，谢方点校：《湛然居士文集》，中华书局1986年版，序第7页。

诗歌风格，又加上耶律楚材作为濡染了北方文化习气的诗人，其文字所具有的北方风味，导致了他的诗歌风格是"语皆本色，惟意所如，不以研炼为工"①。"语皆本色"是其北方风味，"惟意所如"是其"禅悦"的内向从心深入心灵所致，而"不以研炼为工"又体现了儒家风教对于诗学所提倡的以致实用的思想。

另外，作为一个由金入元的契丹文人，他在基于儒家用世的"刚""粹"道派关怀和佛家修心而生的"湛然"沉静诗旨中，往往还附上一层沧桑怀旧的淡淡伤怀，一种故园旧梦、去国愁情，再加上时暮自叹，使得这些诗歌具有了厚重的生命怅怀。他在《和移剌继先韵》中就写到这种情绪：

> 旧山盟约已愆期，一梦十年尽觉非。瀚海路难人去少，天山雪重雁飞稀。渐惊白发宁辞老，未济苍生曷敢归。去国迟迟情几许，倚楼空望白云飞。②

这是耶律楚材心迹的真实透露，是在"湛然"修为背后的个体生命感受，其主要的情绪还是基于一种因时代改换、个体境遇转迁而生的沧桑感，和对现实无能为力、不可控转的惆怅。这种惆怅在很大程度上有追逐功名而不得的因子。耶律楚材总是吟咏感叹"功名"："功名必要光前古，富贵何须归

---

① 纪昀、陆锡熊、孙士毅：《钦定四库全书总目》卷166，中华书局1997年版，第2201页。

② 耶律楚材著，谢方点校：《湛然居士文集》，中华书局1986年版，第21页。

故乡"①(《和王正夫韵》),在强烈的功名心中又不得不勉强洒脱以自慰:"遇不遇兮皆是命,吾侪休羡锦衣新"②(《和王正之韵三首》),然而最终也不免在时间沧桑倒转中蕴生出功名幻灭悲感:"尘飞沧海悲人世,梦断黄粱笑锦衣"③(《用李君实韵》)。可以说这种情感才是耶律楚材的诗情本色,是有异于他本身有意在儒学和佛学修为基础上而进行的"湛然"努力。而耶律楚材的诗不刻意雕饰语言,也有异于汉族诗人对诗歌镂金错彩,或者以才学议论入诗。

总之,元初的社会里,尽管有多种文化因子的融入,儒家思想仍是主导,并起着重整社会秩序的作用。蒙元统治者意识到儒治的重要,提拔汉族士人,文人士子们基于儒家思想,用世的情怀更是强烈。然而在一个朝代更迭、社会转型的时期,他们的思想又杂糅了其他多种因素,因而具有个性特色。元好问和耶律楚材的用世情怀和态度,可为这一时期文人的代表。

三、元初南方文人杂糅诸家思想合流而为文——以戴表元为例

元代文学从地域上大致可分南北。北方的学术和文学本身就是大气兼收之势,而南方则流派纷争。元代南方的一些文人在融合各家思想的同时,也形成了具有自己特色的文学风格,而南方文坛也在兼容之中形成了异于北方文坛的整体生态和风貌。这其中有一些具有代表性并且扭转宋末风气的文

---

① 耶律楚材著,谢方点校:《湛然居士文集》,中华书局1986年版,第209页。
② 耶律楚材著,谢方点校:《湛然居士文集》,中华书局1986年版,第82页。
③ 耶律楚材著,谢方点校:《湛然居士文集》,中华书局1986年版,第218页。

人,庐陵文人群体乃其中之一,另外还有以戴表元为代表的浙江四明文人。这两大文人群体,一个以江西庐陵为中心,一个以浙江四明为中心,两者既有元代南方文坛的整体特征,也在文学风尚和地域风格上存在着一些差异。

1.元初南方文坛的大势所趋:杂糅诸家思想合流而为文

戴表元的文学思想和风格受其学术思想的影响,表现出兼容并取之势。这一方面是受南方由宋入元,各派思想并行分错、交互影响之后,走向大融合的必然趋势。这是学术发展的历史必然,壁垒森严的各派纷争之后,各派之间必然有某些方面的联系和渗透。后学在继承旧有各家学派的时候,也不可能只承取一家,而是有多方面的吸收,只是根据个人的喜好接受不同,程度和偏好有所不同。而后来文人学者在吸收前人之学的同时,也必然有自己的思想和学问在其中。因而分久之后的学术思想必然有走向融合的趋势,或者走向新的思想路数,这就是贯通融合诸家之后的创新。元代初期南方浙江四明文人戴表元的学术和文学思想,即是宋学内部各派林立走向融合在文人身上的典型体现。

另外,由于尚处于元初,各种思想的融合,只是杂糅的集中,而不能形成规范的整合,因而不能形成一种新的思想。

再者,由宋入元的历史趋势,宋代的学术论争,在元代也必然由学术走向文学。学术思想的继承和发展不可能是纯粹在学术上的,在中国古代这样具有文学传统、以诗文等文学话语为统的文化语境中,学术流派、思想继承,也必然走向文学的表达和表现。宋代的诸多学派传至元代,流而发展,多由纯正的学术性、思想论辩走向以文学为主。各派的再传、三传，甚至数传弟子往往也是文人，这就是在元代学术"流而为文"、思想家逐渐文人化的典型现象。《宋元学案》卷五十五《水心学案》下说："然自水心传于赟窗，以至荆溪，文胜于学，阆风则但以文著矣。"①"流而为文"，是由学术思想向文学表现发展和倾斜的必然趋势所决定的。这是一个简单的逻辑，学术思想需要由文学来表达，而思想家们深刻的学术思辨也不能一直保持其深刻性，某种思想一旦形成，就如自然科学中所发展的某种定律一样，就有了存在的客观性和实体性，因而是固定不变的，即使变化，也需要经过一定的积累和论证，不可以轻易得之。而文学作为一种具有鲜活生命力的表现样式，其话语内容和形态一直都可以保持其丰富多样性，因而具有强大的生命活力。文学作为思想的容器，具有强大的表现性和活力，因而学术的"流而为文"，实际是必然的内在规律使然。

而经由宋代以学术学问为特点的宋学的发展，因于在中国古代文学语境中，学术发展不可避免地文学化的趋势，到元代，整个元代的学术渐隐，而文学大盛，而且杂糅多样，呈自由之势。这形成了不同于宋代文化和宋学的元代文化和文学的整体风貌。而由元代的文化文学自由杂糅走向明代，各派学术思想复又渐趋明晰而浮出文化的表层。明人以个性和思想胜，学术和文学同时彬彬大盛。其实，各朝各代不同学术文化和文学景观的形成，一是历史发展使然，是各种学术思想和文学发

---

① 黄宗羲著，全祖望补修，陈金生等点校：《宋元学案》卷55，中华书局1986年版，第1825页。

展内在规律使然,一来也与各朝代整体的政治气候和文化基调有关系。宋代学风谨严,学人善于论理,元代较为宽松和开放,学人舍思理而趋文学娱情。

这种历史趋势具体在戴表元身上,呈现出三大特点:一是学术思想的融合诸家,二是杂糅而未形成一种新的具有代表性的思想,三是文学的突出和学术的相对消隐。戴表元的学术思想和文学,具有元代初期南方的特色,也是由宋入元过程中学术和文学发展的反映。

2.戴表元的杂糅诸家思想

戴表元(1244—1310),字帅初,号剡源先生,宋元之际庆元奉化人。在宋为建康府学教授,入元隐居浙江,后荐为信州教授。他是元初东南文章大家,《元史·戴表元传》称:"至元、大德间,东南以文章大家名重一时者,唯表元而已",且称其"学博而肆"①。元人黄溍对其颇为推崇,宋濂《戴剡源先生文集序》说:"濂尝学文于黄文献公,公于宋季词章之士,乐道之而弗已者,唯剡源戴先生为然。"②

戴表元文学思想最显著的特点之一,便是受其驳杂学术思想的影响。戴表元受学于宋末诸家,这包括王应麟、舒岳祥、方回、欧阳守道、刘辰翁、陆九渊。他与诸家皆有接触问学。《元史·戴表元传》:"时四明王应麟、天台舒岳祥并以文学师表一代,表元皆从而受业焉。"③戴表元自己所作《紫阳方使君文集

---

① 宋濂等:《元史》卷190,中华书局1976年版,第4336—4337页。

② 戴表元《剡源集附札记》,《丛书集成初编》本,中华书局1985年版,第1页。

③ 宋濂等:《元史》卷190,中华书局1976年版,第4336页。

序》：“戊戌己亥间来钱塘，始得熟从紫阳方使君游”①，方使君即方回。《送曹士宏序》：“岁壬戌，余初游武林，识庐陵欧阳公权先生于秘书之署……以杭学博士弟子识拜刘先生会孟，会孟亦居庐陵……余受刘公之爱，于文字间特厚。”②

戴表元受王应麟影响，实为宋代吕祖谦东莱之学的承续，一来学术思想广收兼容，二则文学以文献为基础，具有史学求实的精神，而不空谈义理辞章。同为王应麟的弟子，胡三省治《资治通鉴》，戴表元则承《史记》。王应麟也是浙江庆元人，他的学术兼朱子之学、陆九渊心学、吕祖谦史学，而于文献上偏于吕祖谦东莱之学。《宋元学案·深宁学案》引全祖望《同谷三先生书院记》：“深宁论学，盖亦兼取诸家。然其综罗文献，实师法东莱。”③

戴表之受舒岳祥影响尤甚，实为宋叶适水心之学的延续，表现为重利重事功，提倡不因道而废诗文，在诗学上受宋末四灵和江湖派影响。戴表元与舒岳祥关系密切，《宋元学案·水心学案》载：舒岳祥于“宋亡，避地四明之奉化，与戴表元相友善”④。舒岳祥为宋代叶适的四传弟子，其学术依次上溯到荆溪吴子良、箕窗陈耆卿、水心叶适，所以，戴表元的文学

---

① 戴表元《剡源集附札记》卷 11，《丛书集成初编》本，中华书局 1985 年版，第 164 页。
② 戴表元《剡源集附札记》卷 14，《丛书集成初编》本，中华书局 1985 年版，第 207 页。
③ 黄宗羲等著，全祖望补修，陈金生等点校：《宋元学案》卷 85，中华书局 1986 年版，第 2858 页。
④ 黄宗羲：《宋元学案》卷 55，《全学基本丛书》本，商务印书馆 1935 年版，第 83 页。

思想实际可上溯至南宋叶适。叶适是南宋事功派的代表人物,其文学成就也颇突出,在诗学上认同四灵诗派。戴表元由叶适的重事功更加转向文艺,而其倡导诗文、道艺并重、以诗文而系联世道,也是事功的一种。叶适所代表的事功派道艺并重,这在戴表元身上也是一种隔朝的投射。

第三节　元代文人心态的利欲张扬

　　元代文学有着异于其他朝代的时代特色,整体上有走向直白的趋势。在文人心态上主要有基于自身存在和功利的考虑,以及欲望的增强和表现直接,我们可以概称之为利欲,它的内在其实就是人情的张扬。而在这种心态笼罩下,元代文人多走向纵欲或者佛道,以求得宣泄或者中和。这自然也影响到元代文学的整体创作。元人自己对文人的自我考虑已有意识,吴澄《秋山翁诗集序》说:"丙子以后,所谓哀以思者,乃层见叠出,诗固穷愁发愤而后能多欤?近一二岁又渐造和平,其亦幸时之稍无事,得生全于天地之间,以自适其性情之正,饥渴之易为饮食如此哉。"①吴澄勾勒了从南宋丙子(也即德祐二年)之亡到他作此文章时,也即至元前后的诗风演变。不管是哀思还是和平,其实都是因于"生全"的考虑,也就是对个体自我生存的考虑,也是基本人情的范畴,趋向于功利和

---

　　① 吴澄:《吴文正公集》卷9,文渊阁《四库全书》本。

欲望之思。

关于功利的问题,早有学者论及,这主要集中于元曲中,如厥真《从元杂剧看元文人的功名心态》①。然而元代文人的功名心态不仅表现在杂剧作家中,也表现在诗文作家身上。重视功名的心理其实是一个普遍的社会问题,必然影响到各个作家群体。另外一些学者论及元代儒士的反功利,如萧功秦《元代儒臣的反功利思潮》②,但是关注的是个别和表面的现象,而不代表整体。儒臣的反功利,正反证了元人功利之心的增强。元代戏剧中"功名"戏的流行,也是一个时代风气的反映。学者们也多关注到元代文人的隐逸之风,如孙小力谈到"元代城市经济的兴盛和文人的隐乐思潮"③,而隐逸中兼有的自乐倾向,其实也是一个关注于自我享乐和存在利益的问题。

一、元代文人"人情"的张扬:回归于利欲和直接

么书仪在《元代文人心态》中说:"两宋时代理念、信条重于自然欲望,而元朝则开始表现看重物欲。"④她所表述的"物欲"概念,在元人自己那里,或者被表述为"人欲",如胡祗遹《论作养士气》说:"人欲日炽,而天理日消。"⑤或者为"人情",

---

① 载《民族艺术》1996 年第 12 期。
② 载《上海师范大学学报》(哲学社会科学版)1994 年第 2 期。
③ 孙小力:《论高启的睡欲和诗癖——兼及元代文人的隐乐思潮》,《广西师院学报》(哲学社会科学版)1990 年第 1 期,第 41 页。
④ 么书仪:《元代文人心态》,文化艺术出版社 1993 年版,第 228 页。
⑤ 李修先生编:《全元文》第 5 册卷 161,江苏古籍出版社 1998 年版,第 512 页。

如元好问《东平府新学记》："人情苦于羁检而乐于纵恣,中道而废,从恶若崩。"①另如戴表元《虚室记》："人情之至不能忘者,莫如身。因有身也,而不能忘其居。"②或者为"常情",如李庭《遗安堂记》："要名爵、殖货财、开产业,以为子孙无穷之计,此人之常情,古今之同也。"③在一般元人的眼里,人欲与天理相对,是一种基本的人情,表现为"纵恣"形态而不受"羁检"的,归于个体人身的人之常情。其具体的内容就是"要名爵、殖货财、开产业,以为子孙无穷之计",其实就是在生存层面上对个体物质利益的追求,用现代的概念表述就是物欲,或者说利欲。

胡祇遹《悲士风》将其阐述得更加详细:"皇皇汲汲,日夜营办者,广田宅,多妻妾,殖货财,美车马,聚玩好,媚权贵,援私党,来贿赂。"④戴表元《虚室记》对"利"的本质进行了剖析:"因有身也,而不能忘其居。因有居也,而耳目口体百物之须,举不能忘焉。因有耳目口体百物之须也,而贫贱者思足其欲,富贵者思固其获。贫贱者思足其欲,富贵者思固其获,而世无闲民矣。"⑤他还看到了"欲"的社会具态就是:"贫者欲富,富者

① 元好问著,姚奠中主编:《元好问全集》卷32,山西人民出版社1990年版,第730页。

② 戴表元著,李军、辛梦霞校点:《戴表元集》,吉林文史出版社2008年版,第86页。

③ 李庭:《寓庵集》卷5,《续修四库全书》集部第1322册,上海古籍出版社2002年版,第329页。

④ 胡祇遹:《悲士风》,《紫山大全集》卷20,文渊阁《四库全书》本。

⑤ 戴表元著,李军、辛梦霞校点:《戴表元集》,吉林文史出版社2008年版,第86页。

欲贵,贵者欲不死。"(《息斋赋》)①总之,就是胡祗遹《士辨》中所说"今之为士者,志在富贵声色而已耳"②。

文人们受到这种风气的影响,也发出"莫负金尊皓月,难留锦瑟华年"的感叹(张雨《木兰花慢》)③,戴表元也忍受不了"十年穷父子,相守慰飘零"④(《夜坐》)。与这种物欲泛滥并行而互为因果的是"学政之坏久矣"⑤和"士失其道也久矣"的现象。然而,"失其道则失其性,失其身,所失非一而已"⑥。它的结果是使士人流于浮浅和做作不实,"浮华荡心,多藏贾怨"⑦,"轻暖肥甘、夭淫艳质,自娱之外而又欺世盗名,翻经阅史,鼓琴焚香,吟诗写字,以为高雅"⑧。

追名逐利的热情遭遇现实的冲折和时间生死的桎梏,往往会产生更加不得意的心态效果。一些文人以诗人的颓丧发

① 戴表元著,李军、辛梦霞校点:《戴表元集》,吉林文史出版社 2008 年版,第 286 页。

② 胡祗遹著,魏崇武、周思成点校:《胡祗遹集》卷 20,吉林文史出版社 2008 年版,第 430 页。

③ 唐圭璋编:《全金元词》,中华书局 1979 年版,第 909 页。

④ 戴表元著,李军、辛梦霞校点:《戴表元集》,吉林文史出版社 2008 年版,第 422 页。

⑤ 元好问著,姚奠中主编:《元好问全集》卷 32,山西人民出版社 1990 年版,第 730 页。

⑥ 胡祗遹著,魏崇武、周思成点校:《胡祗遹集》卷 20,吉林文史出版社 2008 年版,第 430 页。

⑦ 李庭:《寓庵集》,《续修四库全书》集部第 1322 册,上海古籍出版社 2002 年版,第 329 页。

⑧ 胡祗遹著,魏崇武、周思成点校:《胡祗遹集》卷 20,吉林文史出版社 2008 年版,第 435 页。

出对功名的慨叹,耶律楚材《西域有感》说:"功名到底成何事,烂饮玻璃醉似泥"①,又在《感事四首》中言:"当年元拟得封侯,一误儒冠入士流"②,又《蒲华城梦万松老人》:"曾参活句垂青眼,未得生候已白头"③。

　　然而一些文人却在这种风气的影响下反生一些反拨,弃名利而隐山林。然而真正的隐士却不多,他们还是摆脱不了现实的生存生计问题,而只能存留一份归隐的理想和向往。戴表元晚年才得以入仕,之前三十多年一直隐于江南山水之间,但他实际并不甘于"矧乃归山川,心迹双寂寞"④的隐逸生活,而是努力通过彬彬文学,盛大诗名,成为"东南以文章大家名重一时者"⑤。(《元史·戴表元传》)他一边向往着隐居生活能"无丝发与世事相接者","心迹俱超,而身名无累"⑥(《董可伯隐居记》),一边又诉说着"长劳井臼惭妻子,近绝音书惜友朋"⑦的贫苦生活(《无题》)。

　　么书仪认为元代文人有两种有普遍性的趋向:"一是耽

---

　　① 耶律楚材:《湛然居士文集》卷6,《国学基本丛书》本,商务印书馆1939年版,第77页。

　　② 耶律楚材:《湛然居士文集》卷5,《国学基本丛书》本,商务印书馆1939年版,第65页。

　　③ 耶律楚材:《湛然居士文集》卷6,《国学基本丛书》本,商务印书馆1939年版,第78页。

　　④ 丁福林编选:《谢灵运鲍照集》,凤凰出版社2009年版,第49页。

　　⑤ 宋濂等:《元史》,中华书局1976年版,第4337页。

　　⑥ 戴表元著,李军、辛梦霞校点:《戴表元集》,吉林文史出版社2008年版,第51页。

　　⑦ 戴表元著,李军、辛梦霞校点:《戴表元集》,吉林文史出版社2008年版,第459页。

于耳目声色的享乐,一是隐逸退避之风的极盛"①,并且总结说:"赵孟頫隐于官,倪元镇隐于画,张伯雨隐于道,顾仲瑛隐于醉……看来,大家好像都在恪守儒家文士的思想、生活信条,其实,都不过是在混世罢了。"②"混世"并不是无所事事的"混",而是因于生存生计问题的利欲追逐,这是一种对基本"人情"的张扬。从某种程度上,这甚至可以说成是出于"避役苟食"的需要,耶律楚材《西游录》:"今之出家人率多避役苟食者,若削发则难于归俗,故入僧者少,入道者多。"③出家人并不是为了真正的修道入佛,而是更多考虑还俗的问题。同样,隐士们也不是真正的向往隐逸,而是暂时借隐逸以避世乱,寻求安逸,同时还在准备着随时为官入世,角逐于名利之场。其实每个朝代的文人们都必然面临这样一个关于功利与隐逸的问题,而元代文人与其他朝代文人,比如宋代的"自然欲望"不同的是,它更倾向于直接直白和根本的生存诉求。么书仪将元人"重物欲"与宋人重"自然欲望"作比照,两者其实本是一回事,只是宋人更倾向于委婉表达,将一己私欲美化,把个体的存在需求比附于个人的全己修身问题上,而更具有被认可的因子。而且,在汉文化,特别是儒家文化高度发达的宋代社会,直言追逐功名利禄本来就被视为个人文化素质低下的一种表现。而元人则受北方民族直接直露的社会风气影响,大胆讨论并追求名利富贵,追名逐利被统治者视为常理,也不被社会道德

---

① 么书仪:《元代文人心态》,文化艺术出版社 1993 年版,第 12 页。

② 么书仪:《元代文人心态》,文化艺术出版社 1993 年版,第 242 页。

③ 耶律楚材著,向达校注:《西游录》,中华书局 1981 年版,第 17 页。

所否认。总之,逐水草而居的草原生存模式感染并强化了汉人逐名利富贵而走的原始心理,使得有史以来士人所面临的个体生存困窘被明显地提出来,而这种所谓的寻常"人情"也极大限度地得到了张扬。

　　人欲问题在元代的泛滥,也使得元代理学家不得不思考人欲的问题,并不得不对人欲日盛的普遍社会现象给出一个合理的哲学解释。刘因《读药书漫记》说"人欲化而为天理,血气化而性情",认为人欲表面与天理相对,实则一致。刘因说"人欲化而为天理",已经将人欲合理化、理学化,成为一种天理自然。他将人欲和天理统一以来,一方面可见刘因的理学家思维,另一方面主要可见人欲这个命题在元代社会的尤其凸显,其对人们思想观念影响的巨大。然而他说的人欲范畴可能更广泛一些,是哲学意义上人性的自然趋势,而不只是利益驱使的生存欲望。刘因说"人欲化而为天理,血气化而性情",是以理学思维思考人欲性情的问题,他认为人欲是人内在具有的自然趋向,抽象理解就上升为一种天理;而血气是人欲的外在生发和表现,血气汇聚,久而久之就形成一种具有稳固性的东西,体现为个体的性情。刘因将人欲与血气统一起来,将性情与天理统一起来,认为人欲外在表现为一种人的性情,其实就是基本的人之常情,也就是人情;人欲是自然天理,而人情也是一种天理自然。从"人欲"到"血气"到"性情"到"天理"的哲学推理,虽然有些主观牵强,但却很明显透露了元代社会思潮中人欲的泛滥,以至于思想家们不得不将其纳入正统的理学系统中,给它的既然存在以一个合理的解释。

二、求生私欲下的佛道自慰与纵欲

元代是一个思想言论颇为自由的朝代，佛老思想也自由发展，这给文人也带来了一些影响，而且用之随意。然而文人往往并不是真正遁入空门，获得心灵的解放，而是借助佛道思想来寻找自己的出路，内在还是蕴藏了很深的功名热情。正因如此，他们对待佛老思想，甚至儒家思想，也带有很大的随意性，而缺少了以往文人的严肃性、界限性、专一性。这种对待佛老的性质往往使得文人将佛道思想随意并举，表面上看来是亦佛亦道，其实是不僧不俗。顾瑛自称"金粟道人"，"金粟"是佛名，其自号不仅显出了佛道的简单混杂，而且透露了顾瑛对待佛老的随意态度，此可见其自题诗：

> 儒衣僧帽道人鞋，天下青山骨可埋。若说少年豪侠处，五陵鞍马洛阳街。①

么书仪称其"亦儒亦僧，不儒不僧；亦隐亦俗，不隐不俗"②，实为中肯。儒、僧、道的外表下，裹着一颗无限留恋"五陵鞍马""洛阳""豪侠"的功名之心，以及一种对于"骨可埋"的生死忧虑。说是"天下青山骨可埋"，看似洒脱，不惧生死，实则正好透露出他对生死的忧虑之深，以及贪恋生命而畏惧死

---

① 王世贞、罗仲鼎校注：《艺苑卮言校注》卷6，齐鲁书社1992年版，第291页。

② 么书仪：《元代文人心态》，文化艺术出版社1993年版，第252页。

亡的心理。

因为对生的留恋，对生死的关注，而求向佛老，希望得到关于生死的哲学解释和出路。这让元代的文人在寻佛求道的过程中总是贯穿一个生死的主题。他们强烈的生存意识，还是来源于现实社会，动乱的世道使得生命如露"朝晞"，文人们对生命长度和质量的贪求，和对死的敏感恐惧，使得他们不得不转向佛老思想。顾瑛在其四十九岁时，为自己写了《墓志铭》：

> 夫生之有归，犹会之有离，譬彼朝露，日出则晞。予生也于生弗光，予死也于予何伤，愿言兹宅，永矣其藏。①

看透"生之有归"，而生也不光、于死不伤的说法，表面豁达，实则蕴含了对生命短暂的无限伤感，背后深在的还是对生的无限流连和对死的无奈不可控转。他在《玉山逸稿·金粟冢中秋日宴集后序》中说：

> 齐物我，一死生，先生玄门之道也。予虽不敏，岂以死生动其心哉！以其没而吾故人哭于斯、祭享于斯，曷若生而与吾故人饮于斯、赋咏于斯也。昔之遭值，兵革颠沛，吾故人皆得以无恙……而今丧乱未平，今日之集，又安知明日为何如也。

表面是遁入"齐物我，一死生"的道家"玄门"，而不"以死

---

① 钟陵编：《金元词纪事会评》，黄山书社 1995 年版，第 454 页。

生动其心"，实则正是动心于死生，不然何必为"金粟冢"，而宴集狂欢。玉山雅集的文人们正是在"遭值""颠沛"之际，"丧乱未平"之时，"故人"暂得"无恙"，而不知"明日为何如"的情况下，带着忐忑的忧虑，抓紧狂欢。在没有希望的绝望中，仍不忘娱生，这正表现出一种极度贪生恋欢的心态。其实，求生也是逐利最基本的一个部分，是趋利避害的存在需求，也是元代文人功名意识的基本组成。元代文人的求生本能，他们的生死意识也是有着其独特性的。主导的往往是一种利欲的趋势，而少了高尚的境界追求。他们表面上谈佛论道，不惧死生，以"狂欢"的姿态（么书仪说以顾瑛为首的草堂文人就是"'世纪末'的享乐主义"，是一种"狂欢"①）在动乱的世道中悠然自得，自得其乐，而实际上，这正是他们贪生怕死，对随时可能来临的死亡，自己无法控转的一种恐惧的宣泄。

元代文人这种本于存在需求的求生意识，他们的佛道自慰，以至于齐物一死生观念之下的"乐生""狂欢"是物质利欲性质的，最后指向"乐生"纵欲一途。么书仪说："玉山草堂的文人们，把'乐生'实践为对耳目声色的物质上的自娱与享乐，实践为狂欢滥醉，酣歌醉舞，'乐生'也就在实质上变成了醉生梦死。"②这是十分中肯的。这种过分看重物质，着眼于个人的生存满足，换种说法也是自私之心的膨胀，导致了文人们的志向趋于卑下。这在元代文人中是一种普遍的趋向。柳贯《答临川危太朴手书》即说："比数十年，学者大抵有自利之心，而志日

---

① 么书仪：《元代文人心态》，文化艺术出版社 1993 年版，第 250 页。
② 么书仪：《元代文人心态》，文化艺术出版社 1993 年版，第 266 页。

益卑,道日益远。"①"道"的渐远也致使了元代文人信仰的缺失,而更加走向了声色之娱。以顾瑛为首的玉山文人即是这种趋势的代表。董潮《东皋杂钞》感叹:"风雅如阿瑛、好事如子晋者"②后世少遇。玉山雅集的影响之大,也侧面说明这在当时代表了一种潮流。

这多少有点同于魏晋时期佛老思想泛滥的社会根源,然而又少了魏晋时人对生命哲学的求知深度和痴迷态度。宋人以天人哲学心悟的阔大思维境界,以一种大智慧融佛老思想于儒家正统思想,而产生了理学,其实是在儒家社会哲学的事功基础上熔铸对于哲学基本命题,即生死命题、存在命题的思考,而形成的一种更为成熟、包罗更广、能解决社会和个人存在问题的哲学体系。生死也是其统摄的一个主要命题,然而被儒家正统的"礼"制权威,理学中最高的"理""道"所限,也具有了理性的悠然色彩。而元代文人在对待生死时则无所信仰,徒自趋利避害,因而不知所措,一味狂欢。

人类的存在问题、生死命题,自从人类产生就开始存在,在很早就有文学记载,抒写人们的生命感觉,对生死的怅怀,在《周易》爻辞里面、《诗经》里面,都有诸多相关的诗句抒写。《周易》本身也是古人对宇宙存在和人类自身生死存亡的一部通过卦象予以表示的哲学著作。自老庄以来道家思想产生,其对生死的思考更是成为有思想的文人们信仰赖以寄托

---

① 柳贯著,柳遵杰点校:《柳贯诗文集》卷13,浙江古籍出版社2004年版,第278页。

② 董潮纂:《东皋杂钞》卷1,《丛书集成初编》本,商务印书馆1936年版,第4页。

的所在。而自魏晋佛家思想传入中国，这种宗教意味十分浓厚的哲学样式更是以轮回的具体形式，就生死问题向人们做出了一个具体的解释。后人们在面对生死问题时总是依托于佛道两家，而又各有主从，各自不同。在元代，文人的生死观还是建立在私欲名利思想之上的，相对于晋人的痴执，唐人的壮烈，宋人的理智，元人更显汲汲于生的原态，无所信仰，勉入佛道。

　　总之，受一个时代大风气的影响，当然包括异族文化因子的融入，元代文人整体上有重利的倾向，而且伴随着人欲的扩张。利欲是人所有的普遍心理，在每个朝代的文人身上都存在，这是人之常情，只是表现出来的方面、方式和程度不同而已。从某个意义上，与其说元代文人的利欲心理增强，还不如说是元代文人对利欲的表现更为直接，他们从被拔高的境界雅尚回归到基本的人情利欲，有求真尚实和不矫揉做作的因素，其内在的实质还是人情的张扬，这可以说也是文学在某种意义上的返璞归真。具体考虑，这种出于自身考虑的利欲心理在元代文人那里又有两个具体的出路，一是宣泄纵欲，二是走向佛家和道家思想以求得中和平静。元代文人的这种心理状态自然会影响到元代文人的整体创作风格，从而形成元代文学自身的特色。

第三章

民族性影响下的元诗与元曲特色

　　元代诗坛有两个较为明显的特色：一是他族诗人和文化的融入，二是宗唐得古诗学主张的流行。这在元代诗歌创作中也相应地表现出两个特点，即元诗的情绪大气以及在主于情的基础上对生命愁怀的抒写。他族异质的大气因子带来了诗情上的大气灌注，盛世一统的大气象又促进形成了宗唐的诗学偏好，而宗唐得古的主张流行又增进了元诗创作中主情的方面，表现为对生命愁怀的直白流露和抒写。这样的文学创作风格，进一步凸显出元代诗歌整体上区别于其他王朝诗歌的元代特质，也即别于唐音宋调的地方。

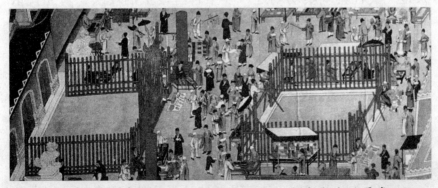

元 李好文《奉元城图》，描绘了元代长安城街市的景象

元代诗歌作为一个整体，最为显著的特点之一便是少数民族诗人及诗作的增多，这给元代诗坛带来新的气象。以元代回回诗人萨都剌为例，他的诗作具有民族本色，其游历经商的生活经历使其诗作中有对于游的描写，然不同于李白游侠和庄子之游，其实质还是近于少数民族的游牧。而作为用汉语创作的诗人，萨都剌的诗作又有着明显的少数民族学作汉人诗的特点：本色与模拟的交融、模仿汉族诗人、诗律的尚未成熟，以及其情感的儒家内容和少数民族形式风格。

元代的散曲以豪放风格称，多用嘲讽的调子来写避世玩世的主题。但元散曲的豪放不同于诗词中的豪放，它不主于人格的豪迈和人性的豁达，而是因于元人的利欲心理。避世看似有着出世的高雅不俗，实则正因充满希望的高级利欲追求不得实现和满足，这种不满足又走向失望的低级利欲追逐中，情绪也更为激烈。元散曲中直接写功名利禄的语词颇多，如"功名"、"富贵"、"名利"、"官"、"钱"等，表面上多对其加以否定，实则正是元人利欲心理的表现。然而元散曲并不能完全取代说明文人的思想情感和心性人格，元散曲中利欲问题的凸显，只是元代社会现实功利之风在某种程度上的反映，对元代散曲家的评价还需遵循知人论世的评论法则。

第一节　元诗的民族性征候：大气和主性情

元代诗坛上，流行宗唐得古的诗学主张，这影响及于元诗风气,创作上多抒写性情之真。而宗唐得古实际又是与元王朝盛世一统的大气候相应和的,其中参有因多族融合带来的异族文化中的大气因素。1998 年杨镰于新疆人民出版社出版的《元西域诗人群体研究》一书,已经关注到元代诗坛的他族特色问题。关于元代诗坛主唐和宗宋的问题,查洪德先生《元代诗学"主唐""宗宋"论》(《晋阳学刊》2013 年第 5 期)已经进行了细致的梳理。而综合考察元代诗坛的整体气象,则发现元诗的整体大气特色,以及元代诗人对于生命愁怀不加掩饰的抒写,其实跟这两方面因素是相关联的。元人戴良《皇元风雅序》说:"唐诗主性情,故于风雅为犹近;宋诗主议论,则去风雅远矣。然能得夫风雅之正声,以一扫宋人之积弊,其惟我朝乎?"[1]查洪德先生对于"性情与唐宋"[2]的问题也进行了专门的讨论,认为元人有"对宋人刻意为诗的反思"[3]。而相关问题,还有进一步讨论的必要。

一、元诗的民族异质特色和影响而及的诗情大气

元代诗歌中有一种情绪上的大气,这与元代他族参与带来的异质特色有一定关系。大气的诗情受着他族文化的大气影响而着上了民族性的异质特色,而元代多民族诗人的融合,以及元诗中的民族性渗透,也是元代诗坛整体上异于他朝的重要因素。

---

① 陶秋英编:《宋金元文论选》,人民文学出版社 1984 年版,第 590 页。

② 查洪德:《元代诗学 "性情" 论相关诸问题》,《中国文学研究》(辑刊) 2013 年第 1 期,第 95 页。

③ 查洪德:《元代诗学"自然"论》,《求是学刊》2013 年第 4 期,第 131 页。

1.馆阁文人和盛元诗风生成背后的社会风尚影响

元诗流丽近唐音,异于宋调之古淡,而又远不如唐,流入模拟而少创新,这与元代少数民族入主的整个社会气象有关。明人对元诗评价不高。胡应麟说元诗"皆雄浑流丽,步骤中程。然格调音响,人人如一,大概多模往局,少创新规。视宋人藻绘有余,古淡不足。"①他的批判主要在于元诗的模仿多而出新少。他将元诗与宋诗进行比较,认为元诗藻绘多而古淡不足。胡应麟看到了元诗的整体气象和特点,而这种特点也正符合元代社会的整体文化氛围。元人在大元一统的盛世心态,以及北方少数民族的文化性格影响下,整体上具有大气心理和玩赏心态。叙事文学的兴盛,叙事文学和舞台文学的结合,元曲的产生和兴盛,都是应此气候而生。而反映在诗歌这样的文学样式中,则是诗风趋向雄浑和藻绘流丽,并且比较中规中矩,"步骤中程",而少有异调。这当然异于宋代文人在狭窄的政治空间和心灵自省中走向主于学问议论的古淡瘦硬等风格。这使得元代诗风在某些方面具有和唐诗相同的格调,因为它们有着共同的盛世背景和一统心态,只是唐诗更趋富丽,而不失高雅,而元代则因北方民族文化的融入而更具有北音俗调,并且流入赏玩娱乐,这是元诗大不如唐的原因。元诗固然异于宋调而趋唐音,但又远不及唐诗成就,这也是一个社会的大气象所限。可以说,胡应麟所批判的元诗"人人如一,大概多模往局,少创新规",也跟蒙古族统领下元人对于文学的相对轻视以及诗以娱赏的心态有关。如此,文人对于文学的态度

---

① 胡应麟:《诗薮》,中华书局 1958 年版,第 222 页。

没有以前那样严肃，而是模仿赏玩，诗学也自难有深入的发展和创新。

在元代，馆阁文臣代表并引领盛元文风和诗风，这跟当时整个社会风气中文学地位的降低，文人的社会分布和不同的生存状态有关。上引胡应麟的批判，主要是对以元诗四大家为代表的盛元诗风。作为馆阁文臣，他们的诗文风格代表着有元一代的普遍风尚。在元代，士风和文风都是以馆阁为中心和代表，并且影响及于整个社会的文学风气。这是因为，以蒙古族为统领的元人整体上还是尚武轻文，重事功而轻视文学小道，甚至将文学视为娱乐的方式，文学在整体上走向娱乐化、低俗化，而失去了唐宋时期那样的严肃和崇高地位。元朝立国之初取消科举考试，直到仁宗延祐年间才复开科考，政治上长期的不以文取士，也大大消减了文人的文学热情。在这种大背景下，处于政治外围的文人们大多处于散漫的状态，他们以各种途径谋生取道，文学更多的只是一种爱好，而非安身立命之具。自宋以来，就有"台阁"和"山林"文学的对立。宋吴处厚就说：

> 余尝究之，文章虽皆出于心术，而实有两等：有山林草野之文，有朝廷台阁之文。山林草野之文，则其气枯槁憔悴，乃道不得行，著书立言者之所尚也；朝廷台阁之文，其气温润丰缛，乃得位于时，演纶视草者之所尚也。①

这种对立到元代，则以"台阁之文"胜出。以馆阁文臣为代

---

① 吴处厚：《青箱杂记》卷5，文渊阁《四库全书》本。

表的台阁文学,于是引领文坛,在传统的诗文领域,形成盛世文风和诗风。而散处于社会各处的中下层文人,则在诗文自娱、文人相赏之外,走向了曲词剧本创作,或者说由"山林"走向"市井",而形成了上层馆阁文臣引领的正统诗风文风之外的市井元曲大观。这也就形成了异于其他朝代的文学分布。总之,在元代,馆阁诗文风格的应制模拟性和刻意高雅,与市井文学词曲的俗化,比其他朝代更被凸显和扩大。高雅者因应制而趋于刻板拘泥,又因美世诵时而流入藻绘,影响及于一代诗文风格,则使元诗出现如胡应麟所批判的模拟和流丽。

文体在社会各层文人身上的分布不均,文人与词曲家在社会地位和角色上的两极分化,文学中雅俗的对立凸显,盛元诗风的大气宗唐而远不如唐,这些构成元代文学别于其他朝代的整体特色。而这些特色无疑都与元代社会的整体风气有关。元代文学大气的文学气象,整体俗化倾向,娱乐的文学价值观,粗略模拟而不喜细微推敲的文学习惯,其最基本的原因还是少数民族文化风尚的融入和大一统王朝下的文人心态使然。

2.基于他族融入的元诗异质特色

元代的诗人,不管是汉族诗人,还是少数民族诗人,不管是蒙古人,还是回回人,他们都不同程度地受到蒙古族文化、扩大一点说是北方少数民族文化的影响,而形成了元诗的元代特色。这是一种基于北方游牧民族直线思维的感情介质,好尚直接,表达直白,核心是不掩饰隐藏的直白特色,而不同于汉族文化的委婉隐曲繁复。而深层的原因则是由自然地理和历史文化所引起的地域差别,不同的文明因子或者文明的

78

不同阶段，最后导致元代社会整体风气不同于汉、唐、宋等汉民族统治朝代，由此而引起元代文人风气和诗坛气象的差别，即整体回归朴野俗白和口语直露。与高度发达、气象万千的唐宋明清等朝代相比，元代确有回归甚至走下的趋势，而返归于先秦朴拙口语，而又被文人们在刻意中追尚高者，而导致学唐"得古"这样的风气反拨。这种风气带来的是刻意雕琢，模拟学习，而又自然蕴含着清新俗白直接一路。后人评元诗在学唐中的"粗豪""风沙气"，其实正是元代异族本色的流露；而后人又评元诗学唐而过于"秾""巧"，其实则是元人对元诗本色的一种矫枉过正、一种反拨，其正可以反证元诗浓郁的异族直白本色。

另外，元朝诗坛在一种尴尬的社会大背景下，受着元代社会风习、元代学人之气的影响，在茫然推进诗歌历史的过程中回归先辈，呈现出"宗唐""得古"、各学各家、一盘散沙的状态。而继这种茫然学习效仿而来的，是真正有元人习尚的诗歌异质特色的透露。元代中后期，融词入诗的爱情诗与艳体诗大量出现；竹枝词大放异彩；浙东陈樵、项（言同）、李序等倡为"贺体"诗风；杨维桢独创"铁崖体"，并写作"香奁诗"；元人写"宫词"成风，萨都剌即以宫词著称。清人翁方纲评"萨天锡诗，宫词绝句第一，五律次之，七古、七律又次之，五古又次之。再加含蓄深厚，杜牧之不是过也。"①他还受李商隐的影响写作"最长于情"的诗作。虞集评萨都剌诗："进士萨天锡者，最长于

---

① 赵执信、翁方纲著，陈迩冬校点：《谈龙录石洲诗话》卷 5，人民文学出版社 1981 年版，第 168 页。

情,流丽清婉,作者皆爱之。"①元末诗人关注并创作六言绝句。元人对于感官娱乐直言书写,表达喜好,诗情热烈,因而情诗亦多,且颇具特色。这里面也无不注入了元代的民族性格,而成为真正体现元诗特色的新异因子。它拢括了元人习气和元诗风格的各个方面,如艳情直露、平白如话、清新近俗、好尚诡丽。

3.元诗中的情绪大气

元代诗歌中所表现的情绪多具有尚大积极、豁达直接、不喜婉曲雕饰的特点,整体呈现出一种情绪上的大气量,这是元诗在元代这个特定王朝、民族限定之下所具有的特色。馆阁文臣所推尚并最终形成的春容盛大文风,其妆容的一面是儒风使然,而其盛大的一面却无不具有北人的性格大气因素,因而也是建立在北人风尚之上具有少数民族性格痕迹的文学风格。

元诗在诗情上的大气包括积极向上的壮怀因子,体现着北人风尚影响下的武力和尚大的美学倾向。这在诗歌中有时被表述为"高兴",但不是出世的个体愉悦,而是基于远大志向的阔大,如春水涣冰般的大情怀。刘秉忠极其爱赏元好问的诗歌,作《读遗山诗十首》,其中之一称道遗山诗:"青云高兴入冥搜,一字非工未肯休。直到雪消冰泮后,百川春水自东流。"②这种"雪消冰泮"、春回百川,以至于让人产生"青云高兴"的感觉是有其社会历史原因的。时移世换、王朝更迭在一

---

① 顾嗣立:《元诗选》二集,中华书局 1987 年版,第 438 页。
② 刘秉忠:《藏春集》卷 4,文渊阁《四库全书》本。

方面会让文人产生思旧悲逝情怀，而另一方面也是一种新气象、新物景的来临。以新换旧的历史巨变冲刷了旧有社会体制中的诸多萎败靡废的因子，而以一种崭新的开始和未知的志忑给人们带来新的想象。悲观的士人沉湎于怀旧之中，然而大多数人们感受到的是一种新的景象，所以在诗学中也不免出现"春回""雪消"的意境，让诗人产生再步"青云"的"高兴"。刘秉忠在《读遗山诗十首》的末一首还说："云霞闪烁动霓旌，轰磕征鼙震地声。千里折冲归指画，将坛孙子独论兵。"②"霓旌""征鼙""千里折冲""独论兵"的意象虽然是写照元好问，而刘秉忠作为元初的文人，在诗歌中流露的也是一种向上、振奋的功业之心和积极态势。

元 钱选《山居图》

① 刘秉忠：《藏春集》卷 4，文渊阁《四库全书》本。

这种大气往往因为少数民族诗人民族性格的灌注而变得更加丰富,抒情方式呈现出直抒胸臆的爽直豁达风格。即使他们多被汉化,这种深刻的民族性格也依然体现在他们的诗歌中。耶律楚材受汉文化和儒家思想影响很深,"开启了元蒙一代诗风,那雄放俊逸的吟唱,标志着诗的新纪元的开端"①。其诗歌乃是"雄篇秀句",不失民族大气。如他的诗直言自己的志向是"曩时凿破藩垣重,泽民济世学英雄",且说"泽民致主本予志,素愿未酬予恐惶"②(《用前韵感事二首》),豪气而直白,在汉族诗人中较少如此白话直露。与汉族诗人比较,可发现他们这是带着自身风沙气在学习模仿汉诗,直白直露中显出模仿的不成熟和非汉族的特点。诗人萨都剌姓答失蛮氏,是蒙古人,他的诗以"情"见长,其中又具有北方民族的大襟怀。《题李溉之送别诗卷》:"清平三曲动明皇,四海知名李白狂。把酒春深送行客,挥毫字字柳花香。"③里面有着"柳花""春深"的深情,又崇尚李白把酒挥毫的"狂"放,因为惜别深情而狂放,又在狂放中灌注深情,淋漓尽致地发挥其情怀。即使诗学李贺、李商隐的色目馆阁诗人马祖常,其"最优秀的诗歌却是……表现出西北子弟气质的诗作",其"血管里流淌的就是这铁血,骨髓里渗透的就是这勇猛剽悍,即使濡染了中原文化的浓彩,祖

---

　　① 张晶:《耶律楚材诗歌别论》,《社会科学辑刊》1996 年第 4 期,第 134 页。
　　② 耶律楚材:《湛然居士文集》卷 2,《国学基本丛书》本,商务印书馆 1939 年版,第 17—18 页。
　　③ 郭绍虞、钱仲联等编:《万首论诗绝句》,人民文学出版社 1991 年版,第 173 页。

根赋予的豪纵之气也是泯灭不了的"①。

元代诗人的这种大气情怀，表现在诗学观念上则是对晚唐颓靡诗风的摒斥。诗论大家方回《瀛奎律髓》对晚唐诗风的批评，几成其书的一大特点。元初效仿晚唐，然真正有成就的诗人都抵制这种风气。由宋入元的王义山就说："学诗莫学晚唐诗，学得晚唐非盛时。"②（《读晚唐诗有感》）南方文人揭傒斯说："晚唐体太短浅，不足学。"③戴良也在《怀宋思贤》诗中直呼："遗响直凭东汉续，流波奚用晚唐为。"④而北方文人对晚唐批判得尤多，王恽《送范药庄子楚教授嘉兴》说："诗从晚唐来，高风日凌折。"⑤郝经的批判更为激烈，其《文说送孟驾之》直认晚唐为"弊俗"："又属以晚唐弊俗，五季繁运。"⑥《与撒彦举论诗书》批判元初学晚唐诗风，历数其弊，情辞激烈。其中说：

> 于是近世又尽为辞胜之诗，莫不惜李贺之奇，喜卢全之怪，赏杜牧之警，趋元稹之艳。又下焉则为温庭筠、李义山、许浑、王建，谓之晚唐。轰轰隐隐啴噪喧聒，八句一绝，竞自为奇。推一字之妙，擅一联之工，呕哑嚼拉于齿牙之

---

① 叶爱欣：《马祖常的超逸诗风与河西情结》，《民族文学研究》2005 年第 3 期，第 31—32 页。

② 王义山：《稼村类稿》卷 1，文渊阁《四库全书》本。

③ 揭傒斯：《诗法正宗》，《格致丛书》本。

④ 戴良：《九灵山房集》卷 29，《丛书集成初编》本，中华书局 1985 年版，第 417 页。

⑤ 王恽：《秋涧先生大全文集》卷 5，《四部丛刊》影印明弘治翻元本。

⑥ 郝经：《陵川集》卷 22，文渊阁《四库全书》。

间者,只是天地风雷、日月星斗、龙虎鸾凰、金玉珠翠、莺燕花竹、六合四海、牛鬼蛇神、剑戟绮绣、醉酒高歌、美人壮士等。磨切锱铢,偶韵较律,斗钉排比而以为工,惊吓喝喊而以为豪,莫不病风丧心,不复知有李杜苏黄矣,又焉知三代。①

他批判晚唐诗风在字词形式、韵律音节上的讲究,一味求工,而滥以金绣工整的字词入诗,至成俗套,对于形式的过分追求而至于惊吓喝喊、病风丧心的程度。《寓兴》批判元初诗人的效仿晚唐诗风,并提倡元人大气诗学的主张。诗云:"实学湮沉伪学张,四科一并入文章。词源更不穷西汉,诗律惟知效晚唐。风雅义迷元气死,天人理昧正心亡。何当倒换银河水,净洗云孙织锦裳。"②对于诗歌他提倡风雅大义,一种元气灌注的刚劲,儒家之正理,鲜明的辞旨而非朦胧的语象。在理学思想的主导下,明显充盈着元诗大气刚正、直率尚实的时代特色和北人风气。

二、元代诗坛宗唐得古的趋势及主于情的生命愁怀抒写

元代诗坛贯穿着宗唐得古的主张,同时元诗也突出了唐音的主情特点,而有别于宋调之主于理,这表现为元诗中对生命愁怀的抒写。上节所讨论元代诗歌整体风气大气的异质特点,又应和了一个大一统王朝盛世的历史特点,在这一点上,

---

① 郝经:《陵川集》卷24,文渊阁《四库全书》。
② 郝经:《陵川集》卷13,文渊阁《四库全书》。

和宗唐得古的主张是相应的。宗唐而不宗宋，其实是宗唐王朝自信的大气象，而不宗于宋王朝疲于对外的局限小气。即使是个体愁怀的抒写，也显得落落大方，情绪的抒发十分充盈直接，而不是局量狭小和拐弯抹角。而元诗对于生命愁怀的抒写及抒写风格，又体现了元人的宗唐主张。

1.元诗的宗唐得古

关于元诗宗唐得古的潮流，明人如李东阳、王世贞贬多于褒，清人如朱彝尊、王世禛、翁方纲褒多于贬。而尴尬境遇中的元诗常被与宋、明诗相比，在比较中获得其诗学存在的历史意义。如李东阳《麓堂诗话》："宋诗深，却去唐远；元诗浅，去唐却近。顾元不可为法，所谓'取法乎中，仅得其下'耳。"又说："宋之拙者，皆文也；元之巧者，皆词也。"① 胡应麟《诗薮》："宋人调甚驳，而材具纵横，浩瀚过于元；元人调颇纯，而材具局促，卑陬劣于宋。然宋之远于诗者，材累之；元之近于诗，亦材使之也。"又言："元人诗如缕金错采，雕缋满前"，②"其词太绮缛而乏老苍"③。李东阳以元诗与宋诗作历时性比较，参照以唐诗，而着眼于诗体本身的"拙""巧"风格。胡应麟则从诗人"材具"出发，来关照区别于"过于创撰"和"过于临模"的"宋人调"与"元人调"之异，而得出"元人诗如缕金错采"，"其词太绮缛而乏老苍"的说法。其实，与其说元诗本身有这样的特点，不如说

---

① 李东阳著，李庆立校释：《怀麓堂诗话校释》，人民文学出版社 2009 年版，第 33、148 页。

② 胡应麟：《诗薮》，中华书局 1958 年版，第 226、221 页。

③ 胡应麟：《诗薮》，中华书局 1958 年版，第 222 页。

它比起宋诗来显得有如此特色。李东阳、胡应麟二人批元诗的说法为后人承袭贩售，"到了清代人的一些评论中，'纤弱'或'秾缛'成了'元风'的全部，'纤词'也就几乎成了元诗的同义语了"①。

邓绍基先生认为："元代的宗唐得古潮流既然主要针对的是宋诗的弊病，也是为了纠正宋代理学家鄙薄诗艺的偏颇，因此也就具有以复古为'新变'的性质，而不是消极意义上的拟古。"元诗"在整体上完成了自宋代就已出现的批判宋诗中存在的违反形象思维规律积弊的历史任务，并在实践上宣告和这种积弊决裂"，而"清代诗坛宗唐宗宋之风迭见，在各立门户、相互辩难过程中，对元诗的评价也不时成为命题之一……这恰又反过来说明，元诗在中国诗歌史上自有它不可忽视的地位"②。

诗学的发展，包括诗歌创作、诗论潮流，都是在继承与新变中发展的，这样我们可以寻绎诗学发展的内在逻辑和历史趋向。南宋末年"四灵"派、"江湖派"反对江西诗派而宗晚唐诗。严羽《沧浪诗话》言："以汉、魏、晋、盛唐为师，不作开元、天宝以下人物"，"论诗如论禅，汉、魏、晋、盛唐之诗，则第一义也"。严羽《诗辩》批"四灵"和"江湖派"："一时自谓之唐宗，不知止入声闻、辟支之果，岂盛唐诸公大乘正法眼者哉！"③正是在这种诗学趋向之下，入元的仇远主于唐"选"。同时的戴表元

---

　　① 邓绍基主编：《元代文学史》，人民文学出版社1991年版，第372页。
　　② 邓绍基主编：《元代文学史》，人民文学出版社1991年版，第374—375页。
　　③ 严羽：《沧浪诗话》，《丛书集成初编》本，中华书局1985年版，第8—9页。

提出宗唐"得古",赵孟頫亦如此。此风于元代中期延祐间大盛。欧阳宏《罗舜美诗序》:"我元延祐以来,弥文日盛,京师诸名公咸宗魏晋唐。"①这种宗唐之风沿于整个元代。瞿佑《鼓吹续音》条记郝天挺语:"吟窗玩味韦编绝,举世宗唐恐未公。""世人但知宗唐,于宋则弃不取。众口一辞,至有诗盛于唐坏于宋之说。"②而实际上,更细微地考察,宗唐风气由元初批晚唐发展到元末又开始学晚唐。

2.元诗中的生命愁怀

宗唐得古的诗学选择使得元诗多抒写真性情,突出表现为人生之感和对生命愁怀的抒写。元代文人的生命愁怀,主要来源于他们的对名利的热望和现实的不得志,即使功名有成的一些文人如耶律楚材,也有不足之感,而仍然感叹"当年元拟得封侯,一误儒冠入士流"③。(《感事四首》)在仕途伸曲中产生出一种浓烈的"寂寞"感,他的《西域河中十咏》反复吟咏"寂寞河中府":"寂寞河中府,临流结草庐;寂寞河中府,遐荒僻一隅;寂寞河中府,清欢且自寻;寂寞河中府,俯仰且随缘"④,等等。这其实也是人们在世乱不安、名利成风的社会现实中普遍

---

① 欧阳玄著,魏崇武等点校:《欧阳玄集》,吉林文史出版社 2009 年版,第 84 页。

② 瞿佑:《归田诗话》上卷,《历代诗话续编》本,中华书局 1983 年版,第 1249 页。

③ 耶律楚材:《湛然居士文集》卷 5,《国学基本丛书》本,商务印书馆 1939 年版,第 65 页。

④ 耶律楚材:《湛然居士文集》卷 6,《国学基本丛书》本,商务印书馆 1939 年版,第 71 页。

的信仰缺失、心灵无所归属的映照。

元初由宋入元或者由金入元的一些文人，往往会在朝代改换的过程中因为变节问题而处于一种十分尴尬的境地，他们的心态情感则表现得怅然无绪。方回因为变节问题在晚年十分苦恼："心情诗卷无佳句，时节梅花有好枝。较似后山更平澹，一生爱诵石湖诗。"[①]（《至节前一日六首》之一）在一种怅然无绪的心境中转向平淡诗风，向往着范成大的节义，更逃向石湖诗的田园景物。其言"晚悔昨非思改纪"，虽然是针对诗文作法的"诗备众体更须熟，文成一家仍不陈"[②]（《七十翁吟七言十绝》之一），却也道出了方回一生的心路。

元代的文人常常面临并感叹着政路百变，他们的心态表现为一种无奈和感慨，在创作上则走向清寒诗风。贡奎《题梅圣俞干越亭》："诗还二百年来作，身死三千里外官。知己若论欧永叔，退之犹自愧郊寒。"[③]与之而来的是一种人生慨叹，一种浓郁的生命感和苍然孤漠的回味，如虞集《赋范德机诗后》："玉堂妙笔交游尽，投老江南隔死生。最忆崖州相忆处，华星孤月海波清。"[④]这种生命的愁怀往往伴随着对时光流逝的无奈，对自身生存境遇的焦虑，对大志难遂的失望，而逃向旁观世局的归老心态，即使在一些理学家文人那里也未能避免。如许衡的《偶成》：

---

① 方回：《桐江续集》卷28，文渊阁《四库全书》本。
② 方回：《桐江续集》卷22，文渊阁《四库全书》本。
③ 贡奎：《云林集》卷6，文渊阁《四库全书》本。
④ 虞集：《道园学古录》卷30，文渊阁《四库全书》本。

屈指年华四十三，归来憔悴百无堪。远怀未得生前遂，俗事多因困后谙。百亩桑麻负城邑，一轩花竹对烟岚。纷纷世态终休论，老作山家亦分甘。[1]

另如他的《病卧》：

一病连三载，孤身萃百忧。干戈良未已，妻子苦为谋。生可陪诸弟，归当老故丘。难忘终始义，忍死更迟留。[2]

理学大家的阔大眼界和舂容之风全然被个体家庭的愁思焦虑所取代。

当年功名，此时归隐，现实相对于理想的不尽如意，往往都聚焦于时间流逝的问题上，而有了深厚的韵味。时移世转、今是昨非，加之流寓他乡、去国离家，元代文人的时空感，他们对于时空跨度的诗性呈现也带来浓郁的人生愁怀。生长于北方而辗转南北各地的少数民族作家更是如此。耶律楚材就在诗中反复写"十年"之思，"一梦十年尽觉非"[3]（《和移剌继先韵二首》），"十年辜负旧渔舟"（《过云川和刘正叔韵》），"自怜西域十年客"（《过云中和张伯坚韵》），"十年沦落困边城"（《过白登和李振之韵》），"嗟予十稔浪西游"（《过燕京和陈秀玉韵》），

① 许衡：《鲁斋遗书》卷 11，文渊阁《四库全书》本。
② 许衡：《鲁斋遗书》卷 11，文渊阁《四库全书》本。
③ 耶律楚材：《湛然居士文集》卷 2，《国学基本丛书》本，商务印书馆 1939 年版，第 14 页。

"悲予去国十年游"[①](《过燕京和陈秀玉韵》)。时空的变换本来已经带来了生命沧桑的意味,具有了"尽觉非"的愁感基调,而又因为"辜负""渔舟"隐逸之梦,"困"守边城而不断"自怜",这就更增加诗人诗作的悲愁意味。

女性诗人对生命的体认往往更加附上愁绪色彩,以女性的动人忧愁来审照男性作家的坎坷历程,则更容易产生共鸣。如张玉娘《咏史》咏孟浩然:"风剪银潢雪满天,蹇驴骑过灞桥边。诗愁万斛应难载,非为驰驱老不便。"[②]

综上,他族异质的大气因素带来了元诗情绪上的大气灌注,盛世一统的大气又促进形成了宗唐的诗学偏向,而宗唐得古的主张流行又增进了元诗创作中主情的程度,表现为对生命愁怀的直白流露和抒写。而这样的文学创作风格,进一步凸显出元代诗歌在整体上区别于其他王朝诗歌的元代特质,这正是其别于唐音宋调的地方,或可概称之为元风。

第二节　少数民族诗人诗歌的民族本色融入
——以萨都剌为例

萨都剌作为元代回回诗人,其汉诗创作成就突出,其中融合了少数民族的本色特征,又具有汉人诗作的特点,其学作汉

---

① 耶律楚材:《湛然居士文集》卷 3,《国学基本丛书》本,商务印书馆 1939 年版,第 38—40 页。

② 郭绍虞、钱仲联等编:《万首论诗绝句》,人民文学出版社 1991 年版,第 176 页。

人诗的痕迹也十分明显。关于萨都剌的诗歌,学者多从题材内容进行研究,然专门着眼于其诗歌中少数民族特色与学作汉人诗方面则较少。葛琦《元朝诗人萨都剌题画诗的民族特征》①有所涉及。罗斯宁《民族大融合中的萨都剌》认为:萨都剌的"创作心态有三个来源:阿拉伯-伊斯兰文化、蒙古文化和汉文化。回回族的性格使他的诗较少羁旅之愁和地域偏见,具有宽宏的观察角度,但缺乏整体感","与汉族文人、僧侣密切交往,潜移默化地接受了汉族的历史意识、哲学思想、文学传统。诗作风格兼有北方文学的阳刚之美和南方文学的阴柔之美"②。此评实为中肯。然关于萨都剌诗歌中的民族本色与汉族风格成分的具体表现,还有待深入考察。

一、萨都剌诗作中尚"游"的民族本色

萨都剌的诗,在一种悲广阔大的豪壮中,张扬着其血性刚烈的民族本色。诗中多以"游"字入。《纪事》诗曰:"当年铁马游沙漠"③,体现出基于游牧特征而带来的天下为家、马背为生的游生心理。这在艺术美感上是一种别样的风味体验,不同于庄子的游于"无何有之乡,广漠之野"④的逍遥齐物,也不同于李白"仗剑去国,辞亲远游"的游侠之气。当然,萨都剌的诗作有对李白的继承,刘嘉伟、徐爽《色目诗人萨都剌对李

---

① 载《文艺评论》2013 年第 2 期。
② 罗斯宁:《民族大融合中的萨都剌》,《中山大学学报》(社会科学版)1993 年第 1 期,第 117 页。
③ 萨都剌:《雁门集》,上海古籍出版社 1982 年版,第 64 页。
④ 郭庆藩辑,王孝鱼整理:《庄子集释》,中华书局 1961 年版,第 40 页。

白的接受》①有论及。这种游的特点可以从两个方面来区别。一是游的地方，是沙漠、草原，具有一望无际、广漠无依，无以为据更无以为家的因无物而产生的苍凉、孤独、壮美，而不是游名山大川，游纷繁富丽的人世，或者神游心中所想之逍遥自在之境，像庄子那样。二是游的目的，是为生计而游。北方民族逐水草而游牧的生活，其以"游"而"牧"，奔于口食的特点本来就显出了其不同于汉族士人为"侠"而"游"的目的，不同于游侠的道义性、社会性。游牧乃是为己，游侠则是为他，前者为个人的口食生计，后者为社会的善恶报惩，也可以说是为个人更高意义上人生价值、精神满足的实现，超越了物质生存而上升到精神的层面。

虽然萨都剌之游，是游商和游宦，不同于一般的游牧，其祖上为西域回回人，也以经商为主，然逐利而游的实质却同于游牧。萨都剌的"游"更不同于庄子之"游"的目的，后者在更高的宇宙境界而实现想象式的齐万物的神游境界，这又上升到最高的人生宇宙融合的哲学境界。萨都剌的"游"，因为具有了北方少数民族以游为牧的现实特点和心理因素，因而其为个体生计而围于一种生存的焦虑，进而呈现出的是一种孤独漠然的悲感，而于中又自然生发出一种对现实生存条件的抗拒，而体现出人对自然的力量，产生一种豪壮和力量之美。"当年铁马游沙漠"，在"沙漠"的荒凉无际、孤独阔大的境象中呈现"铁马"的力量和速度，以"游"的姿态凌之于上，诗人的豪壮之感溢于言表，整体呈现出典型的悲壮美感。其空间与力度又

---

① 载《中央民族大学学报》(哲学社会科学版)2013 年第 5 期。

穿透于时间的长河,"当年"依次又将诗人的记忆情思、人生的履历、历史的沧桑之感灌注于铁马沙漠的无限壮美之中,而更充满厚重的情感蕴意。

我们从萨都剌的诗作中,也可以看到元代社会在政治文化上的一些宽松自由氛围。这整首诗写蒙元皇室争权的事情。"万里归来会二龙"一句中,"会二龙"一语直接写出皇室二主争位的情况。"周氏君臣空守信,汉家兄弟不相容",是进一步细述皇室的君臣无信及兄弟相残。撇开萨都剌出于学汉人用典故、史事喻写现实的写法而冠于两句之前的"周氏""汉家"二词,此联乃大胆直白地直接写蒙元"君臣空守信","兄弟不相容"。其中,明宗曾封周王,这又有具体的现实寓意在其中了。而第三联"游魂隔九重"更是直白地写出王室之争的残酷杀戮。如此大胆的写作,一方面反映了元人的直白敢言,另一方面也反映了蒙元王朝对文字的不敏感和宽容。而以"二龙"语入诗,暗指二帝争位,在汉人诗中是很少见的,因为汉族统治下的儒家思想讲不事二主,而握权的皇帝也绝对不容二帝并称的说法,更不容许以二龙喻二帝并争。这在统治严酷或者文字狱兴盛的时代,如明清两代,会以犯上、大逆不道之罪招致杀身之祸。而萨都剌诗中出现"二龙"的说法,其实也正反映了蒙元王朝不同于汉人统治,他们对文字并不敏感,而只是重视事实上的忠君立功,为朝廷效力。

近现代一些学者研究元代文学史时,以阶级斗争、民族压迫的视角,认为蒙元王朝对汉族文人统治严酷,其实这是有失偏颇的。从蒙元王朝对当时文人,包括南人、汉人、色目人的话语宽容,也可见这个王朝并不像明清两朝那样在意文人的话语是否犯上不敬,蒙古人也没有那样的心机,以文字见人忠顺与否,更不会刻意防范想象中的谋反。

二、少数民族学作汉人诗的特点

1.本色与模拟的交融

萨都剌学汉诗而又不离本色,殷孟伦、朱广祁说其诗风"基本上是俊逸洒脱,清新自然"①,也是看到其诗的本色味道。明代刘廷振评萨都剌诗:"语句虽钝厚,而自有铦然之芒刺,对偶虽龃龉,而自有锵然之音律。"②清代顾嗣立《元诗选》言:"天锡诗有清气,不是一味浓丽,故佳。"不管是"清气",还是"清新"还是"未达娴熟",其实都是其民族本色的一个反映。

元代少数民族诗人诗作与汉人诗确有风格的不同。前者尽管有很大的学汉成分,然还是避免不了用语俗白直接的特点,他们的诗作往往在语句对列排陈的过程中不自觉地表现出一学汉一本色的特点。如上句有汉诗风味,下句则有"风沙气",整首诗很明显地具有非汉人而为汉诗的学习模拟痕迹,是两种风格的粗线条交合。如萨都剌《醉歌行》:"草生金谷韩信饿,古来不独诗人穷。今朝有酒且共醉,明日一饮由天公。红楼弟子年二十,饮酒食肉书不识。嗟予识字事转多,家口相煎百忧集。"③其即是典型的一例。此诗每一联中的两句皆是两种风味。"草生金谷韩信饿"有六朝味道,"今朝有酒且共醉"有李

---

① 萨都剌:《雁门集》,上海古籍出版社1982年版,前言第6页。
② 萨都剌:《雁门集》,上海古籍出版社1982年版,第403页。
③ 萨都剌:《雁门集》,上海古籍出版社1982年版,第4页。

白《将进酒》"人生得意须尽欢,莫使金樽空对月"①的诗意,更是袭用唐罗隐"今朝有酒今朝醉"句。此句出于罗隐《自遣》诗:"得即高歌失即休,多愁多恨亦悠悠。今朝有酒今朝醉,明日愁来明日愁。"②"红楼弟子年二十"又有晚唐诗味。"家口相煎百忧集"又有学杜甫诗的痕迹。而"不独诗人穷"直白不避俗,不讳言"穷","一饮由天公"言随天意,"饮酒食肉书不识"都是俗白大胆,直露豪饮气。"饮酒食肉书不识"、"嗟余识字事转多"中,"书不识"、"余识字"本身又直接反映了少数民族多不识汉文,而以识汉文为有文化的现象。萨氏《奎章阁感兴》二首之二"当时济济夸多士,争进文章乞赐钱"③,与汉人诗,如唐杜甫《所思》"世已疏儒素,人犹乞酒钱"④,杜甫《戏简郑广文虔兼呈苏司业源明》"赖有苏司业,时时乞酒钱"⑤有着风味的细微差别,以"乞赐钱"字入诗,语俗白。另外如《早发黄河即事》:"饥饿半欲死,驱之长河流"⑥,"饥饿"一词直接入诗,在汉族文人诗中也颇为罕见,这也正是北方俗白语直的民族文化风格特色在萨都剌诗歌创作中的不自觉流露。

其《纪事》诗也是学汉诗与本色交融,一句学汉诗,一句本色语。如"当年铁马游沙漠"乃本色语,"万里归来会二龙"又是汉诗意味。"铁马游沙漠"是北人的生活状态,无以为家,而游

---

① 李白撰,王琦注:《李太白全集》上册,中华书局 1977 年版,第 179 页。
② 彭定求编:《全唐诗》第 656 卷,中华书局 1960 年版,第 7545 页。
③ 萨都剌:《雁门集》,上海古籍出版社 1982 年版,第 311 页。
④ 杜甫著,仇兆鳌注:《杜诗详注》卷 8,文渊阁《四库全书》本。
⑤ 杜甫著,仇兆鳌注:《杜诗详注》卷 3,文渊阁《四库全书》本。
⑥ 萨都剌:《雁门集》,上海古籍出版社 1982 年版,第 377 页。

走大漠,也是寓意现实中明宗曾经避难于西北,心理上也是散发的模式,以游为归,以整个大漠草原为本。而"万里归来"又是汉人的活动模式,是有故土可依,有家可归,行走万里之外,终还是有一个系牵点,散发之后将回归于一点,即一里一乡,即便未归,心理上也是有所归属的。"万里归来"又是汉诗中经常的思乡归家模式。次联"周氏君臣空守信",诗语用"周氏""君臣""守信",有着浓厚的汉族儒家思想色彩。而对句"汉家兄弟不相容",用"汉家""兄弟不相容"语,又分明是少数民族声口。"兄弟不相容"又是其尚武力,兄弟相争,一事不容、好斗为尚的写照。北方民族往往以不兼容为其本色本性,不缺乏汉族儒家思想润化之下的宽容礼让。第三联中"只知奉玺传三让"句,具有汉人奉玺礼让的风味,而"岂料游魂隔九重"又写出争斗杀戮的残酷。整首诗汉味与本色、礼让与争斗形成鲜明的对比,而又各句相辅以成诗。

2.仿学汉族诗人诗歌

萨都剌《醉歌行》首句"当年铁马游沙漠",接言"万里归来会二龙",其实也有仿宋诗人陆游"当年万里觅封侯,匹马戍梁州"[1]的痕迹。北方少数民族诗人所作诗,学汉人的痕迹很明显,但还是显然有着民族区别。陆游的"戍"字与萨都剌的"游",入诗之后诗味明显不同,"戍"有汉族士人征戍边塞的文化意义,有汉人的文化、官戍,和为家为国的儒家文化色彩,以及文雅、诗语化的特色,而游牧则是少数民族口语入诗,直白清新、壮语慷慨,仅为游牧,而没有汉诗"戍"字的汉

---

[1] 陆游:《放翁词》,文渊阁《四库全书》本。

文化色彩。

而这里又有一个问题，萨都剌此诗明显学陆游之句，而附着汉文化儒家士大夫忧国忧民、以天下为计的文化色彩，而又不自觉地或说本色地反映了少数民族文化的色彩。所以这样的诗句是带着少数民族诗人的本色特点而学汉诗，具有两重美学风格。

萨都剌的诗有学杜的痕迹，如《早发黄河即事》一诗，现代学者常从反映阶级矛盾的角度来分析其思想内容，然这首诗学杜意味很浓，其实是这一类题材的诗作传统在元代作家如萨都剌这里的一个继承和续写。其更大的意义在于它是模拟学习而成的诗作，是萨都剌作为一位色目官员通过刺时弊以自明廉洁的行为，而不是简单地仅仅谴责封建统治者，揭露了黑暗的社会现实。"官租急征求"化用杜甫《兵车行》"县官急索租，租税从何出"句。"朝骑五花马，暮脱千金裘"，化用杜甫《奉赠韦左丞丈二十二韵》中"朝扣富儿门，暮随肥马尘"句。而"长安里中儿，生长不识愁。朝驰五花马，暮脱千金裘。斗鸡五坊市，酣歌最高楼。绣被夜中酒，玉人坐更筹"句，又是学唐

杜甫像

卢照邻《长安古意》。"岂知农家子,力穑望有秋。短褐长不完,粝食长不周。丑妇有子女,鸣机事耕畴。上以充国税,下以祀松楸。去年筑河防,驱夫如驱囚。人家废耕织,嗷嗷齐东州。饥饿半欲死,驱之长河流",这又是学杜甫和白居易的写实诗。"短褐"、"丑妇"、"嗷嗷"、"去年筑河防",皆杜诗中常用字词。萨都剌《鬻女谣》:"嗷嗷待食何时休"也用"嗷嗷"字,更可见他学杜的痕迹。

3.诗律的尚未成熟

萨都剌的诗并不成熟,学格律诗明显有稚拙的一面。殷孟伦、朱广祁整理《雁门集》前言说:"萨都拉不是汉族人,虽然于汉文化有一定修养,但在诗词格律、对仗工稳方面也看得出尚未达娴熟。"①其《漫兴》绝句:"去岁干戈险,今年蝗旱忧。关西归战马,海内卖耕牛。"②两联皆对仗,已显板滞,而上联以时间"去岁"对"今年",下联以地点"关西"对"海内",一用时间对,一用地点对,更觉板硬。"险"对"忧","马"对"牛","干戈"对"蝗旱",词无翻新,意无致胜,整首诗写当时社会民生征战状况,只是实录,而诗意的概括力不强,感情的融注也不明显。《全唐诗》卷四百九十二殷尧藩诗《关中伤乱后》:"去岁干戈险,今年蝗旱忧。关西归战马,海内卖耕牛。"③此应是误收萨都剌诗。《纪事》诗开头言:"当年铁马游沙漠",第三联对句"岂料游魂隔九重"有"游"字,一首诗出现两个"游"字。格律诗因为

---

① 萨都剌:《雁门集》,上海古籍出版社 1982 年版,第 6 页。
② 萨都剌:《雁门集》,上海古籍出版社 1982 年版,第 63 页。
③ 彭定求:《御定全唐诗》卷492,文渊阁《四库全书》本。

形制短小固定,因而语言讲究精炼,用字非常注意。而这里的两个"游"字一方面反映了萨都剌诗学写汉人格律诗的不成熟,一方面也反映了萨都剌诗对"游"字入诗的使用偏好和熟练。这种用语特色也正是其民族用语习惯使然,具有浓厚的民族色彩。《题画马图》中"要令四海无战争,千古万古歌太平"①,"无战争"在诗中也显得突兀而不是诗家语,这也反映出萨都剌诗的语直、以俗语入诗的本色。"千古万古"用词稚拙,也反映了其用语不成熟。

4.萨都剌诗的"情"

前人评萨都剌诗作多"情"。虞集《傅与砺诗集原序》:"进士萨天锡者,最长于情,流丽清婉,作者皆爱之。"②而这个"情",有多重含义。一在于其感情的激越和极致,以诗表现出来就是一种冲发绝顶、漱尽肝肠的肺腑情语直露,以及意象的洪巨感和竭尽感。如《鬻女谣》"悲啼泪尽黄河干,县官县官何尔颜",直是写出泪流如河,哭之而干。"枯鱼吐沫泽雁叫,嗷嗷待食何时休",更是达到了一种极致的悲苦无奈、走投无路的境地。

有学者认为"所谓'最长于情'者,正是就包括宫词在内的这类艳情诗而言",并说:"萨都剌的'最长于情',显然不符合淡泊、安静的'性情之正',而更接近于人性的大胆自由的流露。"这有一定的道理,但还是着眼于"描写女性和爱情的艳情

---

① 萨都剌:《雁门集》,上海古籍出版社1982年版,第268页。
② 虞集:《傅与砺诗集原序》,傅若金《傅与砺诗文集》卷首,文渊阁《四库全书》本。

诗"①,看到的是萨都剌之"情"的表象,而未及深入到内在。萨都剌的"情"绝不仅反映在艳情诗上,他所写的"情"也不是简单浮浅的男女艳情,而是有着深刻思想内容和情感深度的。

萨都剌的"情"有着汉族儒家情怀,是基于天下苍生之念上的感怀、批判和希望。在这一点上,又有着杜甫"沉郁顿挫"的深情在其中,只是在表达方式上不同于"顿挫"的汉人委婉节制传统,不讲究"乐而不淫,哀而不伤"②,而是更具有少数民族的直白和激越特色,他的一往情深,往往深厚浓烈而且一泄无遗。另外,他的"情"也含有对南方风物以及汉族文化的赏爱和眷恋,当然,这与他游居江南的经历也有关。陈昌云认为:"江南的秀丽风光、悠久历史、丰富物产以及雅逸文化带给异族文人强烈的人生感受,他们用诗歌书写江南,传承文化。"③

殷孟伦、朱广祁在《雁门集》前言中,将萨都剌诗解析为反映阶级压迫、统治者征战的诗,另外还有行旅诗、怀古诗、题画诗、宫词,不无道理,然稍显粗略。萨诗数量多,题材广,远不止这些方面。其思想内容也不仅是粗略地反映阶级压迫、战争、纪行、怀古、怡乐,而是有着思想情感深度的。

总之,萨都剌的诗歌有着自身的特色,在元代,他是少数民族诗人的杰出代表,融合了少数民族和汉人诗作的特点,情感深厚,挥洒不羁。虽然他在学作汉人诗的过程中有诸多稚拙

---

① 龚世俊、皋于厚:《试论萨都剌的宫词与艳情诗》,《宁夏大学学报》(人文社会科学版)2005 年第 6 期,第 52、55 页。

② 杨伯峻:《论语译注》,中华书局 1980 年版,第 30 页。

③ 陈昌云:《元后期西域诗人的江南情怀》,《北方论丛》2011 年第 6 期,第 25 页。

的痕迹,在语言上不很成熟,并且始终伴随着北方少数民族的特色,然而他融合少数民族的豪放与汉人之沉郁,不伪不饰,取得了很高的诗歌成就。

第三节　利欲问题的文学书写
——元散曲的世俗抒情

一、从元散曲的"豪放"说起

对于元代散曲的风格问题,学者通常用"豪放""清丽"来概括。20世纪初任中敏作《散曲概论》,将元散曲分为"豪放""清丽""端谨"三派,并认为"豪放最多,清丽次之,端谨较少","实惟豪放、清丽两派乃永久对峙耳"①。这种论法大致勾勒了元散曲的整体风貌特征,为多数学者所接受。豪放也成为元散曲一个极具代表性的印象式风格标签。

而元散曲的豪放不同于唐诗宋词的豪放,它有其特殊的内容,它不源自人性中的豁达魅力,而是生于文人所处的社会现实不能满足和实现他们的理想, 实是用世之心受挫后所产生的较为极端和夸张另类的"避世""玩世"心理,所以不是自我肯定,而是自我否定的"豪放"。李昌集《中国古代散曲史》解释得很好:

---

① 任二北:《散曲之研究》,载《元曲研究》乙编,台湾里仁书局1984年版,第73—75页。

其"豪"、其"放"便不同历代诗词的"豪放",它不作"壮志"的咏叹高歌,而恰恰是以"自弃"为形式的"豪",是嘲弄讥笑传统"豪情"的"放"……"用世"之心最终在社会现实的压迫下走向其反面,形成一种特殊的包含着肯定的否定。在这种矛盾的否定中,文人们以"避世—玩世"哲学为自身找到了新的肯定形式,真正被否定的是时代的社会现实,豪放之潮的根本意味即在此。①

散曲家们对"时代的社会现实"的否定,即表现在散曲中的"豪放"的风格,有两个内涵:一是这种风格的源起,也即用世之心。这是文人自身一开始对这个社会现实的热望,也可以说是一种对于自身价值实现的热情,包括对功名利禄的欲望。二是这种风格最终表现形态,也即"避世""玩世"之心。文人从较高境界的价值实现,或者说从理想落回现实,最后以自弃嘲弄的心态回归庸俗的生活常态和凡俗的人生追求,即对于衣食住行、功名利禄、官钱惠利的索求。而不论是高尚的理想,还是低俗的需求,整体表现的都是对于私利的趋好。这可以表述为名利、功名、功利,是出于欲望和私心的,我们总称为利欲,是出于私欲的功利心。而它们又都是出于最基本最真实的人性,表现出来也是普遍存在的基本人情。

二、利欲主题在元散曲中

这种基于利欲的基本人情,在元代的文学作品中,特别是

---

① 李昌集:《中国古代散曲史》,华东师范大学出版社 1991 年版,第332—333 页。

散曲中,表现得最多最直接。散曲中往往直接写"功名""富贵""名利""官""钱",这一类的主题是元代散曲中一个重要的题材,表现对它们的轻视、取笑甚至厌恶,劝诫世人同时自劝不要在意于此,也是曲中的一个重要主旨。然而越是诉说看轻和厌恶,越是反证了这个问题的突出和它对包括文人在内的社会大众的影响之深。范康[仙侣·寄生草]《饮》:

> 长醉后方何碍,不醒时有甚思。糟腌两个功名字,醅渰千古兴亡事,曲埋万丈虹霓志。不达时皆笑屈原非,但知音尽说陶潜是。①

"虹霓志"不过也就是基于穷"达"之念,"功名"之想。平时总是有功名之思,是以为碍,功名不就,则逃向"长醉""不醒"。张养浩[中吕·山坡羊]直接说:

> 休学谄佞,休学奔竞,休学说谎言无信。貌相迎,不实诚,纵然富贵皆侥幸。神恶鬼嫌人又憎。官,待怎生;钱,待怎生!②

"谄佞""奔竞""说谎言无信""貌相迎,不实诚"真实地描画了当时世人营营汲汲的世俗面貌,而这都是为了"富贵",为了"官""钱",为了趋名逐利。

---

① 褚斌杰:《元曲三百首详注》,百花洲文艺出版社 1995 年版,第 54 页。
② 隋树森选编:《全元散曲简编》,上海古籍出版社 1984 年版,第 175 页。

这种语气眼光的对待还延伸及于事业理想。元散曲中的"功名"意往往不仅仅指向"官""钱"这样向下世俗的一路，还指向"英雄"事业这样向上的崇高的理想，这些都能够用"穷通"来概括，元散曲中所写的主要是怎样对待个人"穷通"的问题。而"英雄"事业这样崇高的志向，在元散曲中依然是被"闲人""取笑"的对象。张可久[庆东原]《次马致远先辈韵九篇》之一就表现得很明白，曲曰："诗情放，剑气豪，英雄不把穷通较。江中斩蛟，云间射雕，席上挥毫。他得志笑闲人，他失脚闲人笑。"①

可以大致地概括说，元散曲中的这种轻视、取笑的批判对待处处皆是，批判的对象可以是人们认为好的、羡慕追求而又得不到的任何物事。这本身就有一种势利世俗的眼光在里面，而元散曲中也不乏对"青"眼"白"眼的语词。如乔吉[中吕·山坡羊]《寓兴》：

> 鹏抟九万，腰缠十万，扬州鹤背骑来惯。世间关，景阑珊，黄金不富英雄汉。一片世情天地间。白，也是眼；青，也是眼。②

这种"世情"不仅是曲家笔下之物，还弥漫在曲文里外，透露了作者的"世情"眼光。以庄子鲲鹏"抟扶摇羊角而上者九万

---

① 马致远著，刘益国校注：《马致远散曲校注》，书目文献出版社 1989 年版，第 100 页。

② 隋树森选编：《全元散曲简编》，上海古籍出版社 1984 年版，第 231 页。

里"①式的逍遥之游，以及黄粱一梦、骑鹤归去的仙道自在来消解"腰缠十万"的利欲心理。以"黄金"之"富"对"英雄"事业。总之，富贵名利之念、道家出世思想、英雄事业之心同时出现在曲作中，而被青白眼的"世情"所统摄，这就是元散曲所表现的元人所求愈多而愈混乱的心志状态，汲汲于进而走向惘惑。

元人的名利感往往又会生发出历史兴亡之感，感叹过去王朝曾有的富贵奢华、权贵风流的短暂。而感叹历史兴亡其实也就是变相地感叹功名不常，里面还是蕴含了很深的功名念想和慨叹，实质是一样的。如马致远［双调·蟾宫曲］《叹世》：

> 咸阳百二山河，两字功名，几阵干戈。项废东吴，刘兴西蜀，梦说南柯。韩信功兀的般证果，蒯通言那里是风魔。成也萧何，败也萧何。醉了由他。②

他将功名和朝代兴亡联系起来，以旁观的眼光发出慨叹，感叹功名兴亡都是一梦。而这种"梦说南柯"的歌咏里面蕴藏着对"南柯一梦"的羡慕，也就是对功名富贵、天下事业的向往。

元代散曲中往往又有"醉"世的主题，有"醉于"名利官钱、红尘富贵的意思，另外往往也是对世乱无根、功名不成的无声抗议和无奈出路。不管是哪种原因哪种模式的"醉"，散曲里所表现的"醉"世总是带有一种世俗功名的色彩。

---

① 陈鼓应注译：《庄子今注今译》，中华书局 1983 年版，第 11 页。
② 褚斌杰主编：《元曲三百首详注》，百花洲文艺出版社 1995 年版，第 86 页。

由无可奈何的"醉"世往往又生发出生命苦短、及时纵乐的思想,这又是元曲里面惯于表现的与"醉"世关联的另一大主题。"一代宗匠"元好问也感叹:"人生百年有几,念良辰美景,休放虚过。"①([双调·小圣乐]《骤雨打新荷》)

或者是走向"和露摘黄花"的隐逸自遣。而这种隐逸往往又带有以避世乱、自求安稳的心理,其实还是一种趋利避害的生存利欲驱使,带有浓厚的为己的个人色彩。乔吉[南吕·玉交枝]《恬退》将隐逸和功名富贵的关系写得很清楚:

> 溪山一派,接松径寒云绿苔。萧萧五柳疏篱寨,撒金钱菊正开。先生拂袖归去来,将军战马今何在?急跳出风波大海,作个烟霞逸客。翠竹斋,薜荔阶,强似王侯宅。这一条青穗绦,傲煞你黄金带。再不著父母忧,再不还儿孙债。险也啊拜将台!②

"险也啊拜将台",将这种趋利避害的世俗心理即"世情"展露无遗。它也透露了这种"世情"出于个体利益考虑的小家气象和气度,它的局限眼光代表了市民心态的特点。曲中的学陶渊明归隐,主要是出于个人安危的考虑,所以说"将军战马今何在?急跳出风波大海"。这种出于个体利益考虑的泛滥甚至及于平常人伦,在这一首曲中,作者写"再不着父母忧,再不还儿孙债",将父母儿孙的考虑都排除在外,而走向纯粹个人

---

① 李修生主编:《元曲大辞典》,凤凰出版社 2003 年版,第 214 页。
② 李修生主编:《元曲大辞典》,凤凰出版社 2003 年版,第 353 页。

的安乐适意。另如马致远[双调·蟾宫曲]《叹世》：

> 东篱半世蹉跎，竹里游亭，小宇婆娑。有个池塘，醒时渔笛，醉后渔歌。严子陵他应笑我。孟光台我待学他。笑我如何？倒大江湖，也避风波。①

写的也是为"避风波"而隐，且不怕嘲笑，可见这种思想的泛滥，对于个人安全舒适的追求到了一种不计世人嘲笑的程度，只要于我有利，则不管别人如何看待，这也是一种市民世俗"世情"的典型特征。

或者是走向求仙访道。前文所举乔吉《寓兴》一曲中就明显地包含了以仙道出路来消解名利之心及其价值的意思。

隐逸或者求仙访道的实质其实是寻找"安乐窝"。"安乐窝"这个词在元散曲中经常出现，而且常常能够与功名相对出现。贯云石[双调·清江引]对于寻"安乐窝"和"竞功名"之间的联系写得非常清楚："竞功名有如车下坡，惊险谁参破？昨日玉堂臣，今日遭惨祸。争如我避风波走在安乐窝。"②"我"不是无缘无故为了"安乐"而寻"安乐窝"，而是为了"避风波"，是因为"竞功名"可能会"遭惨祸"的"惊险"，虽然十分想去"竞功名"，但不得不保全自身，所以无奈退回"安乐窝"。其实，"安乐窝"的说法本身就带有考虑个人利益享受的色彩，它和

---

① 马致远著，刘益国校注：《马致远散曲校注》，书目文献出版社 1989 年版，第 23 页。

② 俞为民、孙蓉蓉：《新编元曲三百首》，江苏古籍出版社 1995 年版，第 160 页。

"竞功名"的利欲心理在本质上是一样的,都是出于个人生存利益的考虑。

　　而散曲大家马致远著名的[双调·夜行船]《秋思》,这些主题在一个套曲里面都表现了出来,是元散曲普遍主题和主要思想内容的一个极好代表。

　　　[夜行船]百岁光阴一梦蝶,重回首往事堪嗟。今日春来,明朝花谢,急罚盏夜阑灯火灭。

　　　[乔木查]想秦宫汉阙,都做了衰草牛羊野。不恁么渔樵没话说。纵荒坟横断碑,不辨龙蛇。

　　　[庆宣和]投至狐踪与兔穴,多少豪杰。鼎足三分半腰折,魏耶? 晋耶?

　　　[落梅风]天教你富,莫太奢,没多时好天良夜。富家儿更做道你心似铁,争辜负了锦堂风月?

　　　[风入松]眼前红日又西斜,疾似下坡车。不争镜里添白雪,上床与鞋履相别。休笑巢鸠计拙,葫芦提一向装呆。

　　　[拨不断]利名竭,是非绝。红尘不向门前惹,绿树偏宜屋角遮,青山正补墙头缺,更那堪竹篱茅舍。

　　　[离亭宴煞]蛩吟罢一觉才宁贴,鸡鸣时万事无休歇。争名利何年是彻! 看密匝匝蚁排兵,乱纷纷蜂酿蜜,急攘攘蝇争血。裴公绿野堂,陶令白莲社。爱秋来那些:和露摘黄花,带霜烹紫蟹,煮酒烧红叶。想人生有限杯,浑几个重阳节。嘱咐你个顽童记者:"便北海探吾来,道东篱醉了也!"①

---

　　① 褚斌杰主编:《元曲三百首详注》,百花洲文艺出版社1995年版,第87页。

其中，[夜行船]表现人生如梦的主题，[乔木查]感叹历史兴亡，[庆宣和]感慨英雄事业皆为陈迹，[落梅风]讽富家奢华吝啬，[风入松]述时流迅疾、青春易老，[拔不断]写弃绝名利、归隐茅舍，[离亭宴煞]在"一觉""休歇"中冷眼旁观世人争名逐利，而自己学裴陶之隐，醉而不问世事。整首套曲依次表现了散曲中普遍的多个主题，其主旨也是以讽世自适为基调的。

在看似轻松出世的基调之下，元代的散曲里面其实蕴藏着元人很厚重的利欲为己的世俗心理，这种基于生存考虑的基本人情关注于个体境遇的好坏，其实并不轻松。文人们往往局限于此，而不能有真正豁达大观的大眼界，真正为天下苍生为计的儒家情怀，或者真正超脱世俗的佛道宁和心境，所以往往陷入一种醉梦享乐自适，包括他们不断咏歌的隐逸出世，也是一种自求生计和自娱的方式。而且，在世俗利欲的不断干扰和纠结中，他们往往会陷入一种个体的迷茫，伴随而来的是浓郁的生命愁怀，不知何向、无家可归的感觉，这其实是在个体考虑之外而无所信仰和追求所导致的信仰缺失。马致远[越调·天净沙]《秋思》，高度概括地写出了元人的这种个体考虑和信仰缺失。

枯藤老树昏鸦，小桥流水人家，古道西风瘦马。夕阳西下，断肠人在天涯。

这首小令作为元散曲的一个巅峰之作，正是对元代文人这种普遍心境的描画，也道出了作为普通大众的世人们一生基于个体生存求索而生的行世迷惘和愁累，道出了人的普遍感受，所以它能引起几乎所有读者的共鸣和喜爱，而成为流传不朽之作。总之，元散曲的世俗性是区别于其他唐宋诗词高雅高尚性的最大特征，其内在的原因还是作者思想是为己还是为人的不同，是文人眼光是局限于个体还是社会整体、甚或天人自然宇宙的问题。

三、关于元代曲家利欲问题的辨析

在这里需要辨析一个问题，就是文学作品里面的思想情感内容并不完全代表作者的思想情感。元代散曲里面表现的诸多主题，其主于个体生存功利考虑的世俗性，可以说折射了元代散曲家们以至于元代其他文人们的一些心态，但并不代表全部。文学作品中的主题主旨不能取代作家的思想。而元代散曲之所以大量抒写世俗利欲及由此延伸而及的其他诸多主题，一方面是由元散曲的曲体形式使然，元代散曲的口语、衬字、曲牌曲调的多种运用及其市民歌唱性，无不使得这种用于歌唱的韵语文学体裁趋向轻松、明快、简单，最主要的是通俗。一种文学体裁适应于一种文学主题主旨，一种思想情感的抒写，而散曲正适合于通俗的文学，适合于世俗情感思想的抒写表达。我们可以说这种文学体裁应人们思想的世俗性扩张而产生，是元代社会整体世俗风气的反映，是人们利欲张扬的文学诉求，也可以说是这种文学体裁又促成了人们的世俗性。

而另一方面，这种现象也是因为，一种散曲主题的创作往往会形成一种写作模式，形成一类传统，这在小说里被称为"母题"，在诗词里面被称为"题材"，其性质都是一样的。元散曲中的"名利""醉""梦"等主题模式同诗词里面的"花""月"题材,"悲秋""怀古""闺思"主题,小说里的"孝子救母""才子佳人"等母题,其产生的性质是一样的。再一方面,元代散曲的写作主体还是以北方一些不是很得志、生活境遇并不理想的文人为主的。他们生活在社会的下层,为生存而奔波,接触的主要是下层的世俗民众,受到环境的影响以及自身的生活眼界局限,自然其所抒发的思想情感是代表了市民阶层的世俗思想。这种思想情感里面包含了对上层社会的羡慕,对功名利禄的羡慕和追求,以及未得到和求之而不得时的自我安慰。所以他们总在写功名富贵,又总是找出其短暂、虚无、需要付出惊险代价的理由来消解它的价值,并以旁观的姿态蔑视功利追求,而退回到其"安乐"闲适的小生活中,其实无不渗透着这一个社会群体在社会中为生存而汲汲上攀的心态。这一个群体的心态也不能代表整个社会群体的心态。

总之,作者写名利出世等等,不一定是因为他就在考虑名利的问题,而是因为元散曲这种文学形式就适合于书写这一类主题,也因为许多曲家都用元散曲写作这一类主题,已经形成传统,他在学习模拟的过程中自然也就进行了这种主题的创作。再者,作者表现的不一定是作者自己的思想情感和情绪,也可能是表现一种普遍的社会思想、大众情绪,或者说某一个社会群体的某种普遍心态。我们在分析作家作品的时候,不能够以偏概全,以作品的思想取代作家的思想,甚至以某几个作家某一些作品的主题思想来取代整个时代的普遍思想和文人心态。只能说,它是一个旁证,能够折射出当时可能是有这样一种风气的存在。

第四章

理学与元代诗文的性情书写

元代诗学中,重性情和理学的影响是两个重要特点,这在理学家文人的诗歌中体现得尤其明显。性情求真和理学的平和表面上有着对立的一面,实际却有融合,元人性情论中有着明显的理学因子。元代宽松的创作背景也促成了元代诗人的个性突出和心态平和,这是元诗中性情与理学的现实基础。元代诗歌是以抒写性情为普遍风气的,而抒写性情包括自然的性情和突出的个性,都是求真的文学风尚,而理学的影响和灌注,使得抒写性情的内容风格加上了平和的一种,其本质还是追求自然和真实。元代诗坛始终贯穿这求真不伪和抒写真性情的思想主导,只是情绪上由浓到淡,从张至敛,由个体到社会。

元代文人的重性情也有着南北地域的不同和历时的变化,由初期少数民族的豪放尚直,到中期理学的春容平和,到元代后期文人的异端思想和个性张扬。以具体的文人为例,刘秉忠、胡祇遹是元代前中期北方著名文人,他们约情归性,文学风格相对和易。刘秉忠具有通达萧散风致,胡祇遹以真为尚,主于"深心""自得"。而在元代中后期的南方文人,如赵孟頫、杨维桢，他们的文学风貌又不同于北方作家，个性的因素更加突出，对性情的抒写也颇为张显。赵孟頫是汉族帝裔，这种特殊身份使其在表面的平和之下深藏着一颗不平跳动之心，他的平静是异样的平静。而杨维桢作为元末南方文人，在少数民族主宰走向衰疲没落的时候，更加张扬个体性情，而成为一种末世的异端凸显。

第一节　元诗中的性情与理学

　　元代诗学中多提倡性情，元代诗歌也有性情突出的特点，而理学对于元代诗人有很大影响，元代诗歌受理学影响的痕迹也非常明显。这是元代诗歌以及元代诗人中比较重要的两个特点，它们看上去相互对立，实际却有融合和交叉。元人所提倡的性情中有理学的内容融合，可以说，元人所说的性情，包括理学主导的性情。查洪德先生《元代诗学性情论》一文，认为性情论包括"自然性情论和张扬个性的性情论"，并谈到"道学家之诗学性情论"。[1]《元代诗学"性情"论相关诸问题》也谈到元代文人"自乐吾之性情"[2]的普遍特点。性情和理学这两个特点体现在从诗人到诗歌创作到诗学理论批评的方方面面，形成了元代诗学的一个普遍特色。而以社会的视角出发，考

---

　　① 查洪德：《元代诗学性情论》，《文学评论》2007 年第 2 期，第 172、181 页。

　　② 查洪德：《元代诗学"性情"论相关诸问题》，《中国文学研究》第 21 辑，复旦大学出版社 2013 年版，第 107 页。

察这种特点所生成的当时的诗人心态,则可以看到,它其实是应元代社会相对宽松的政治气候所生成的。元代宽松的创作背景促成了元代诗人的个性突出和心态平和,这是元诗中性情与理学的现实基础。

一、元诗性情抒写中的理学与自然之风

文师华在《金元诗学理论研究》中说:"在诗歌领域,元人在创作上一反宋诗因受理学影响而形成的'以文为诗'、'言理而不言情'的倾向,广泛学习唐诗,重视抒情,讲究词采之美,这种现象无疑是与程朱理学的文学观点背道而驰的。但在诗歌理论上,元人又不违反正统儒学重视教化、崇尚典雅的观点。到了元末,杨维桢提出'人各有情性,则人各有诗',强调诗人的个性,才使元代诗论真正出现了新鲜气息。"[1]他拈出理学、抒情、个性这几个特征,比较中肯,但这几个特征并不是历时性地分布于由宋至元末的各阶段,而是共时性地存在于元代诗坛中。宋诗受理学影响,元诗也受理学影响,只是从理学的外在礼仪要求走向了内心深省,因而最终将理学特征与抒写真性情相结合,表现出一种自然、率意、求真的风格特征,形成了以春容盛大为主的诗风。由金入元的元好问论诗就讲求"以诚为本","诚"有理学里"诚"的含义,也有抒写个人真性情的意思。赵文《黄南卿齐州集序》:"五方嗜欲不同,言语亦异,惟性情越宇宙如一"[2]。元诗的整体特征就是在理学影响下讲

---

① 文师华:《金元诗学理论研究》,新星出版社 2001 年版,第 94 页。
② 赵文:《青山集》卷 2,文渊阁《四库全书》本。

求抒写个人性情,同时讲求率意自然。

元代一些文人提倡抒写性情,抒写的过程要自然不矫作,抒写的情感也要是真性情。这是元代文人受北方文化因子影响引领之后形成的率性实在的文化性格,总为求真尚实、不虚伪不矫作。这在诗学上促成率意而为,反对模拟剽窃,反对雕饰,自然自得的诗学主张。杨维桢《吴复诗录序》中说:

> 古者,人□有士君子之行,其学之成也尚已,故其出言如山出云,水出文,草木之出华实也,后之人执笔呻吟,模朱拟白以为诗,尚为有诗也哉?故摹儗愈偪而去古愈远。吾观后之樵儗为诗,而为世道感也远矣。[1]

刘秉忠提倡作诗以自然为宗;王恽主张作诗应"以自得有用为主";胡祗遹作诗也提倡自然自适;黄庚作诗提倡不计工拙;王义山作诗反对新巧工丽。

另外也促成了写性情之真的一类诗学主张,如赵文认为诗就是人性情的外化,说"人有情性,则人人有诗";袁桷提倡诗歌应该写"情性之自然"[2];刘埙喜欢陶渊明、柳宗元、杜甫、黄庭坚等人写自己真实性情的诗,称之为"杜黄音响,陶柳风味";吴澄直接说"诗以道情性之真,自然而然之为贵";刘将孙更是认为"诗本出于情性";王礼《吴伯渊吟稿序》认为:诗"本

---

① 杨维桢:《东维子文集》卷7,《四部丛刊》影印鸣野山房抄本。
② 袁桷:《清容居士集》卷48,《四部丛刊》影元刊本。

乎情性，寓乎景物，其妙在于有所感发"①，又《魏松壑吟稿集序》说"诗无情性，不得名诗"②；杨维桢《李仲虞诗序》言："诗者，人之情性也，人各有情性，则人有各诗也。"③

这里的"性情"有一层个性的含义在里面。张晶先生在论及杨维桢的"性情"说时，认为杨维桢"所谓'情性'，分明是指个人的禀赋气质，而非那种被规范化了的'情性之正'"，又说"其'情性'的内涵，与儒家诗教的'性情之正'，并非是一回事"④。首先，元人所说的"性情之正"并不一定是体现儒家诗教的。倪瓒认为陶诗为得性情之正者，他在《谢仲野诗序》中写道："诗亡而为骚，至汉为五言，吟咏得性情之正者，其惟渊明乎？韦柳冲淡萧散，皆得陶之旨趣，下此则王摩诘矣，何则？富丽穷苦之词易工，幽深闲远之语难造。"⑤如果说他所论陶渊明之前的《诗经》毫无疑问是儒家诗教"吟咏性情之正"的标杆，而其后的《离骚》已经偏离了温柔敦厚的"正"道，而汉代五言诗也不全体现"性情之正"和温柔诗教，而是本色古味的性情抒发。更重要的是，被他标为得"性情之正"的陶渊明，其实是隐逸诗风的代表，主要写个人悠怀，与儒家诗相去甚远。而他之后的韦应物、柳宗元的诗歌更是清新流丽写景一路。倪瓒最后所标举的王维，其实已经在写景悠怀中融入了禅宗体悟，与儒家诗教更是异辙了。倪瓒所列举的自《诗》三百以来他认为

---

① 王礼：《麟原文集》前集卷5，文渊阁《四库全书》本。

② 王礼：《麟原文集》前集卷5，文渊阁《四库全书》本。

③ 杨维桢：《东维子文集》卷7，《四部丛刊》影印鸣野山房本。

④ 张晶：《辽金元诗歌史论》，吉林教育出版社1995年版，第353页。

⑤ 李修生主编：《全元文》第46册卷1441，凤凰出版社2004年版，第614页。

走了"吟咏之正"一路的诗人诗作,他所勾勒的具有这个特点的诗史轨迹,其实并未体现多少儒家诗教的特点,反而都是趋于个体真实性情的悠然实在抒写的一类。倪瓒以陶渊明为界,在《诗》《骚》、汉五言这样在诗史陈述中不可略去的传统标的之后,勾画陶渊明、韦应物、柳宗元、王维这样的诗史轨迹。这一类的诗作具有"幽深闲远"的特点,有的具有"冲淡萧散"之感,大异于"富丽穷苦之词",其实就是隐逸诗派,主于写景,自然冲淡。"幽深闲远""冲淡萧散"与温柔敦厚的儒家诗教还是不同的,前者关注于个体性灵的抒写,后者着眼于社会诗教。如果说有一致的地方,那就是两者都要求一种中和、平和的情绪,不主要太过激烈的感情宣泄。然而"哀而不伤""怨而不怒"与"幽深闲远""冲淡萧散"毕竟不同,前者有哀有怨,只是经过了社会顾虑、儒家诗教的节制,而后者的宁和则是未经过节制,来考虑外在其他人事,而是诗人通过自身感悟体验所达到的一种具有自适感的

明 张鹏《渊明醉归图》

境界,后者比前者更为个人化、人性化,更为自由。总之,倪瓒所理解的"幽深闲远"是与"富丽穷苦"相对而言的,它居于"富丽"和"穷苦"两个极端之间,因而具有了自然、中和的特点。倪瓒用"幽深闲远"来总结他所标举的"得性情之正"的历代诗人诗作,而他所论的"性情之正"的核心含义,就是自然中和。

而且,体现个体禀赋资质的"人之性情",与体现普遍的社会道德需求的儒家诗教的"性情之正",并不是完全对立的,在元代文人那里,它们往往被统一为一种温婉和易的对于人心至情的抒写。这是对个性与共性的统一,对个性张扬与理学诗教的融合,体现了元代文人在理学熏染下的返归内心深省,抒发人心至情的需求。这种返归自心,返归个性,不是无节制的情绪张扬和宣露,而是讲求各有其性,各有其情,而且都要是真实的个人性情,自然而和易地流露出来。罗大巳《静思集序》直接讲求"中人之性情"①。理学思维主张返归自心,讲求自然天成,反对刻意,然而又讲究积累和顿悟,讲求一种阔大的哲理思维境界,以境界而论事功,这些在诗学主张里明显地有了体现。元代文人"性情"论与受理学思维影响而生的中和思想(如春容盛大诗风)之间千丝万缕的联系,不管是对立的还是融合的,还是兼而有之,都是这种境界哲学的思维所至。而其实,理学思维在和易、中和表象之下,本来就是以返归人情个性为基础的。诗学里面这种表象的"性情之正"与"人之性情"之间的矛盾,其实就是理学思维基于人心而上升为天理气象过程的一个折射。

---

① 郭钰:《静思集》卷首,文渊阁《四库全书》本。

元代文人往往受理学思想的影响,重视心性义理,讲究抒写和易之情,把文学情感的抒发规矩于理学的中和超然范围内,他们对所抒的性情往往要求不失其正。诗论家杨载在《诗法家数》中就明确提出作诗应该"不失性情之正"的要求。他说:"讽谏之诗,要感事陈辞,忠厚恳恻。讽谕甚切,而不失性情之正。触物感伤,而无怨怼之辞。"又说"征行之诗,要发出凄怆之意,哀而不伤,怨而不乱。要发兴以感其事,而不失情性之正"①。"不失""正"也就是需要讲求情感书写的适度、中和原则。不仅汉族文人如吴澄《萧养蒙诗序》认为"性发乎情,则言言出乎天真,情止乎礼义,则事事有关于世教"②,元代的一些少数民族作家性情直露,体现了其民族本色,然而也受汉文化中和节制的影响,注意"情"与"礼"的兼顾。契丹人耶律楚材在《西游录》中谈到他与丘处机的交往时说:"尔后时复书简往来者,人不能无情也。待以礼貌者,人而无礼,非所宜为也。"③虽然讲的是人际交往,然也体现了"情""礼"结合的思维趋向。元代一些文人主张诗写人之"至情"、"真"情,但要和易出之而不是激越叫嚣。揭傒斯《诗宗正法眼藏》论五言古诗之法说:

　　　　须要寓意深远,托辞温厚,反复优游,雍容不迫,或感古怀今,或怀人伤己,或潇洒闲适。写景要雅淡,推人心之

---

① 何文焕:《历代诗话》,中华书局 1981 年版,第 733 页。
② 吴澄:《吴文正集》卷 19,文渊阁《四库全书》本。
③ 丘处机著,赵卫东辑校:《丘处机集》,齐鲁书社 2005 年版,第 481 页。

至情,写感慨之微意,悲喜含蓄而不伤,美刺宛曲而不露,要有《三百篇》之遗意。①

揭傒斯对于作诗至少要求两点:一是中和温厚,一是写"人心之至情",这就要求在雍容和易的语言下蕴含浓厚的情感深致。他对于停留于表面的文辞华丽并不满足也不满意,当虞集将他的诗风比之为"三日新妇""美女簪花"时,他十分不满,因为"'三日新妇',鲜而丽也"②,所以才会出现他与虞集之间的矛盾。王士禛《池北偶谈》记述了其事:

> 虞道园序范德机诗,谓世论杨仲弘如百战健儿,德机如唐临晋帖,揭曼硕如美女簪花,而集如汉廷老吏。曼硕见此文大不平,一日过临川诘虞,虞云:"外间实有此论。"曼硕拂衣径去,留之不可,后曼硕赴京师,伯生寄以四诗,揭亦不答,未几卒于位。③

另外这种"不失性情之正"的诗学趣尚也形成了以清虚雅淡为尚的诗学观。如杨公远效法贾岛、孟郊及江湖诗派诗风,一些释子诗人如释英论诗因于禅悟而主于"空趣",黄庚提倡率意为诗,王义山也提倡简淡诗风。

---

① 揭傒斯著,李梦生标校:《揭傒斯全集》,上海古籍出版社1985年版,第450页。

② 胡应麟:《诗薮》外编卷6,上海古籍出版社1958年版,第231页。

③ 王士禛撰,勒斯仁点校:《池北偶谈》卷16,中华书局1982年版,第394页。

另一方面,元代文人往往又讲文以致世用,有助于修齐治平,这是对于向外的社会责任感的体认。这促成了元代文人对近宋末及更早无补于世用,一味退入艺术和内心的诗风的反思批评,对写实诗风的崇尚,以及元代复古诗风的兴起,整体形成了元代诗坛的宗唐复古之风。如戴表元批判宋末四灵、江湖派诗风;袁桷关注于诗歌的风雅比兴,学效魏晋、盛唐诗风;陈栎论诗主于理;程矩夫主张务实诗风;胡炳文认为诗文应该能"补于修齐治平",郝经更是认为诗歌应该"述王道"。

黄庚《月屋漫稿原序》将吟咏性情、讲明礼仪、率意为之三点合而论讲,是对元代文人文学抒情特点的一个很好的提炼总结。其文说:

> 仆自龆龀时读父书,承师训,惟知习举子业,何暇为推敲之诗,作闲散之文哉。自科目不行,始得脱屣场屋,放浪湖海,凡平生豪放之气,尽发而为诗文。且历考古人沿袭之流弊,脱然若醯鸡之出瓮天,坎蛙之蹄涔而游江湖也。遂得率意为之,惟吟咏情性,讲明礼义,辞达而已,工拙何暇计也。①

杨维桢提倡作诗学杜甫《漫兴》,他在《漫兴七首》序中说:"学杜者必先得其情性语言而后可,得其情性语言,必自其《漫兴》始。"②其门人吴复解释说:

---

① 黄庚:《月屋漫稿》原序,文渊阁《四库全书》本。
② 顾嗣立编:《元诗选》初集,中华书局 2002 年版,第 1999 页。

漫兴者,老杜在浣花溪之所作也。漫兴之为言,盖即眼前之景,以为漫成之词耳。其情性盎然,与物为春,其言语似村,而未始不俊也。此杜体之最难学也。先生此作,情性语言近似矣。①

　　"漫兴"本来就是率意为之、即景赋咏、自然而成,杨维桢及其门人作"漫兴"之诗本来就是对率意为诗的偏好。而他们选择杜甫的《漫兴》而非别人以为效仿之祖,也不仅仅是因为杜甫的地位及其《漫兴》之作的成就价值,同时也是因为杜甫是作为儒家诗教的一个代表,代表了温柔敦厚、讲明礼仪的一端,这即使在其吟咏性情的《漫兴》之诗里也不无体现。杜诗的《漫兴》写景自然,抒情温柔和易、心境平和使得诗境宁谧自然,充满生活的味道和普遍的人情,而不同于唐末郊岛诗歌苦吟寒草,也异于林逋的高洁自许,也不同于词人姜夔刻意雕琢空洞的物景,这是杜甫受儒家思想影响,其诗歌整体都贯穿着儒家情怀所致。而《漫兴》之作本来是在日常生活中心境平和的时候率意的即景起兴赋诗,它本身也就带有了吟咏真实性情的特点。平常时候的即兴咏作,最能代表诗人心底最深处、不受外界干扰的真实性情和好恶取向。吴复看到老杜《漫兴》诗中的"情性盎然与物为春",则是看到了杜甫性情中受儒家中和心境调和而成的平和中带有正面向上力量的特点。儒

────────────────────────

① 杨维桢著,邹志方点校:《杨维桢诗集》,浙江古籍出版社 1994 年版,第589 页。

家思想整体是积极用世的,是向上向外的,而不同于佛家道家思想的消极避世、向内自守的一路。总之,学杜甫《漫兴》诗统一了吟咏性情、讲明礼仪、率意为之的诗学主张,这在诗歌创作中具体体现为诗歌的语言,所以杨维桢强调学杜甫《漫兴》的"性情语言",而吴复也看到了这种语言"似村而未始不俊"及"最难学"的特点。

二、崇尚性情与理学影响在诗人身上的两种表现:个性突出与心态平和

性情与理学的中和也是应当时较为宽松的政治环境而产生的,而它又分别反映在作者两个心理状态中,即突出的个性和平和的心态。

在元代对文人较为宽松的政治环境中,蒙元统治者不太重视诗文正统文学,而对后起的具有娱乐性质的戏剧较为感兴趣,这促成了文坛上"文倡于下"的整体特征。与宋代文人多由科举为官参政以实现其人生价值有所不同,元代诗文作家的生存模式和生活内容多是隐逸、游历、雅集、题画,这几乎形成了当时诗坛的风气。而在自由的存在状态、一统的政治气候和大元气象笼罩下,元代的文人更加自由,这促使形成了元代文坛两种大的趋势,一是个性突出,二是心态平和。前者在元代初期和晚期,由于兴衰错落,朝代改易,社会风云变幻,波及影响文人的心态情绪,而尤其突出。元初有江西庐陵刘将孙、赵文等提倡性情,元后期杨维桢更是个性张扬。但在明朝建立、朱元璋主世之后,这种政治上的相对自由被统治者收回,一些极具个性和思想的文人也被压抑甚至迫害,由元入明的

高启即是很好的一个例子。后者则主要在元代一统、社会较为安定的情况下，形成一种普遍的盛世文风。这当然也有宋代程朱理学延流到元代所产生的影响。理学的心性平和自然，境界阔大端宁，也与元代安宁一统，文人宽松的环境和相对自由的生存状态十分契合。许多文人同时也是主于理学的儒者，如吴澄等人。这种身份兼居与思想基调，使得元代中期的诗文理论和主张主于"自然""自得"。这里面又包含求真不伪的意味，要求真实的感情和不矫揉造作的创作，在这点上，它与张扬个性的，追求自然真性情一类的文人又是一致的。然而，理学思想为基的儒者文人们又讲求"约情归性"，以"天理民彝"为标准，这一方面由个体的"情"位移到普遍的"性"，一方面又由个人关注滑向了社会关怀，并且在程度上从激烈动荡走向了深邃平和。

在元代相对自由的大气候下，元代文坛始终贯穿着求真不伪和抒写真性情的思想主导，只是情绪上由浓到淡，从张至敛，由个体到社会，这个趋势在元代后期又开始反归，整体上完成了一个随王朝兴衰而由个性到共性再到个性的过程。这是其大体上的脉络走向。元代诗歌是以抒写性情为普遍风气的，而抒写性情包括自然的性情和个性，都是求真的文学风尚，而理学的影响和灌注，使得抒写性情的内容加上了平和的一种，其本质还是追求自然和真实。

第二节　元代诗文家的性情抒写

在诗言志和诗缘情的传统之下，每个朝代的文人文学都必然有抒写性情的因素，只是个体性情的抒写不尽相同，这体现在抒情的内容、程度，以及抒写的方式上面，最后整体表现为文学风貌上的差别。元代文坛的格局有着不同于其他朝代的自身特点，首先是基于民族地域和文化的南北风格分流，其次是随着社会历史和文学发展内在规律趋势，在元代前中后各个时期里文学风貌也有整体上的差异。元代前中期，北方文人刘秉忠、胡祗遹的性情抒写具有北方特色，整体上约情归性，代表了元朝立国和兴盛时的北方风格；元代中后期，南方文人赵孟頫、杨维桢又具有代表性，含有浓郁的情绪和突出的个性，性情的抒写颇为张扬。在元代拈出分属前中后期南北地域具有代表性的数位不同文人，可以大致窥见元代文人性情抒写的整体走势。

一、前中期北方文人的约情归性——以刘秉忠、胡祗遹为例

1.刘秉忠：通达萧散风致

刘秉忠（1216—1274），字仲晦，号藏春散人，邢州（今河北邢台市）人，元代北方著名文学家。刘秉忠作《藏春集》，共六卷，前五卷都为各体诗，只有末一卷为文。纪昀等称其"所作大都平正通达,无噍杀之音",言其不同于元初北方一般诗人之作,声急调促。又引史称谓"其诗萧散闲澹,类其为人",又引刘秉忠的诗作"鸣鸠唤住西山雨,桑叶如云麦始花",认为其"时露风致"。①《四库全书总目提要》对其诗作的评价由外及内,由浅至深,全面概括了刘秉忠的为人及其诗风。"平正通达"是说其诗的儒家气象,不偏不倚,"无噍杀之音"则进一步描述其诗"乐而不淫,哀而不伤"的中正平和气象。在以刘秉忠为代表的元初诗人的引领下,元代中期的诗风也是以"雅正"为主的。欧阳玄《罗舜美诗序》中说:"我元延祐以来,弥文日盛,京师诸名公,咸宗魏晋唐,一去金宋季世之弊而趋于雅正。"张晶先生认为:"元代诗坛多以雍和雅正为审美理想,元诗盛时,即以此为审美价值尺度,多安乐优游之声,而少哀怨激切之辞,实则多出于粉饰太平之目的。"以安乐优游、粉饰太平来解释元诗的"雍和雅正"之风的成因,还是有些模式化。其实,"平正通达"也好,"雍和雅正"也好,都是受到理学思想影响的结果。理学是儒家思想在宋元时期发展形成的一种比较系统的哲学,它将先前儒家思想的经世致用、重视礼教、中正平和的思想发扬为一种深向内心的通达感悟,又参入佛家道家的思维方式,而发展成为一种以心观物的高端哲学体悟。刘秉忠的"平正通达",也不无理学思维模式的影子。

而诗歌风格的"萧散闲澹"则又通于其为人风格,从人性的风度魅力来比况其诗的闲逸之风,这又从主体的思想倾向,

---

① 纪昀、陆锡熊、孙士毅:《钦定四库全书总目》卷166,中华书局1997年版,第2201页。

进一步深入到其个体的人格风貌。说其诗有"风致"则更是在细微的诗美语言上品评其风格特点。

2.胡祗遹:以真为尚和主于"深心"、"自得"的抒情理想

胡祗遹(1227—1295),号紫山,武安(今属河北省)人,有《紫山大全集》。胡祗遹认为,文学作品是"痛甚则声哀,情苦则辞深"①。阅读接受也应该设身处地,带上自己的感情经验去深求作者之情,他以读《楚辞》为例,说:

> 今岁方悟若读楚辞,当句句缓读,求言外意,如问病人、吊孝子、恤其情而哀其苦,庶几得原文言意。(《读楚辞杂言》)。

这也是他所谓的"诵其言以求其心,解悟其理"②。

而在诗文创作中,则提倡"沉潜体认、深造自得之学"③,具体是指创作中每一字都要"从自己心肺中流出"④,这主要是针对当时"尽非已意,不过剽窃掇拾,解红为赤、注白为素"⑤的风气而说的。他的《迩来复斋洹斋二学士屡以五言相唱酬不鄙愚

---

① 胡祗遹:《紫山大全集》卷 20,文渊阁《四库全书》本。
② 胡祗遹著,魏崇武、周思成点校:《胡祗遹集》,吉林文史出版社 2008 年版,第 561 页。
③ 胡祗遹著,魏崇武、周思成点校:《胡祗遹集》,吉林文史出版社 2008 年版,第 566 页。
④ 胡祗遹著,魏崇武、周思成点校:《胡祗遹集》,吉林文史出版社 2008 年版,第 569 页。
⑤ 胡祗遹著,魏崇武、周思成点校:《胡祗遹集》,吉林文史出版社 2008 年版,第 566 页。

庸每成章即亦垂示赏叹诵咏赘作六章时至元四年七月也》(下之简称《论诗六章》),其四论陶渊明作诗,是"百物来扣心,肆口即成声"[1],也认为文学创作应写自己的心声,外物冲发而感其情,言文也只是其内心感情流脉的外化。

胡祗遹认为诗宜自适、自然,可以不受义理拘束,崇慕唐代诗人诗作能以气象才情胜,如其赞李白"太白固豪放,不受义理拘。"(《论诗六章》)

然他的文论思想还是不可避免地受到理学影响,论文讲心性,讲义理性情。他作《无题》诗言:"我心即天心,人天本无二"(《无题》),对于诗文的阅读接受,也讲以心会作者本意,如《读书有感》所说:"诵言欲求心,遐想亦绵邈"。他著有《论性》一文,认为:"人之文章事业,大小工拙之不同,莫不系乎德性气禀之厚薄。"对于诗文的品评,他认为:"裁之以义理性情,则浅深高下自有等级。"(《高吏部诗序》)

其实,理学对于元代文人的思想和思维模式影响都颇大,理学作为一种中和了儒释道各家的高端哲学思想,是一种世界观人生观价值观,更是一种异于其他朝代主导思想的思维模式,当然也就会影响其文学及评论。胡祗遹对于文学抒情性的理解自然也就是建立在理学思想基础之上的,他从心,性,义,理的角度去探讨文学,因而他对于文学情感的认识,是内向的,趋向于内心深处的,一种和平、缓和、淡然、真实的情感。这种平缓和易的诗学抒情有时候会被当成是一种拘束或者规

---

① 胡祗遹著,魏崇武、周思成点校:《胡祗遹集》,吉林文史出版社 2008 年版,第 59 页。

范,成为创作的技法要求。如刘秉忠《为大觉中言诗四首》之一说:"一字莫教无下落,有情还似不能情"①。以看似不能情的诗歌语言写作者所具之情。而另外一个技法或者说规则就是"意先辞后"。王恽《文辞先后》说:"意先而就辞者易,辞先而就意者难。意先辞后,辞顺而理足;辞先意后,语离而理乖。"②这也就是说创作中应该先有感情的冲发、思维的激荡,然后形诸文辞。当然这其中也不乏激越的文学抒情,比如他对于《楚辞》中"屈原爱君忧国,幽深郁结,清苦茕独,终天无穷难明之悲思"这样"痛甚""情苦"辞的体认,然在大多时候,他还是追求冲

南宋理学代表人物朱熹

---

① 刘秉忠撰,李昕太等点注:《藏春集点注》,花山文艺出版社 1993 年版,第 300 页。

② 王恽:《秋涧集》卷 44,文渊阁《四库全书》本。

和、自然的文风,追求"寥寥入深思"(《论诗六章》其一)的诗
学境界。

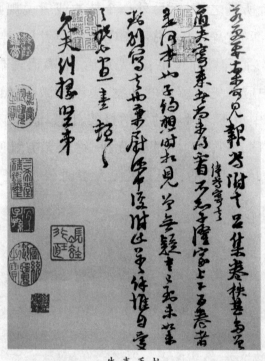

朱熹手札

其实不管是自然、自适,还是"深心",其实所主的也都是
一个真字,这也体现了元代文人关于文学抒情性的一些特点,
或者说元代文人在文学上的一些独特追求, 这跟元代社会的
大背景及元人的普遍性情有关, 我们说这是一种具有时代特
色的文化共性、一种共同人格。在元代文人这里就表现为求
真、尚时、不矫揉造作,不过分蹈袭前人。这种大的文化性格和
时代趣尚,使元代文学具有异于其他朝代的独特风味,有好的
一方面也有不好的一方面,比如,对于文学雅俗分流的论争,
就是一个很好的例子。

二、中后期南方文人的性情张显——以赵孟頫、杨维桢为例

1.赵孟頫:汉族帝裔身份下的异样平静

赵孟頫(1254—1322),字子昂,号松雪,吴兴(今浙江湖州)人,宋太祖第十一世孙,工书善画,文章兼善。么书仪注意到元朝臣子有"疏远之臣"和"自家骨头"两类,她说:"'疏远之臣'是汉族儒臣的自称,可能是当时的一种套话,但也包含着与忽必烈称蒙古臣子是'自家骨头'相对的含义。"[1]臣子身份的民族差别,特别是汉族与少数民族的二分对立,的确是元代入仕的文人所不得不面对的一个现实问题。为了缩小这种差别,"从耶律楚材开始,汉族儒生就在有意识地倡导汉法,鼓吹'汉化'"。[2]然而,在这种积极用世的屡遭挫败之后,"他们逐渐不再去重复那些他们视为神圣的三皇五帝、汉唐盛世的梦呓,改变了怀旧的习惯,而开始注重在精神上为自己构筑新的巢穴。"[3]赵孟頫

赵孟頫像

---

①② 么书仪:《元代文人心态》,文化艺术出版社1993年版,第196页。

③ 么书仪:《元代文人心态》,文化艺术出版社1993年版,第198—199页。

就是这类文人的一个典型。他为自己构筑了一个精致的"精神巢穴",他学书画,通诗文,博学多闻,旁及佛老,徜徉于中,以获得宁和平静。然而他作为宋室苗裔的特殊身份还是使他的平静具有了异样的因子。他在积极用世,但却没有"梦呓";他也希望"汉化",却与蒙族政权和文化异常亲近;他本应该是"疏远之臣",却受到几代元朝皇帝的重用赏识甚至庇护,元仁宗甚至还说:"文学之士,世所难得,如唐李太白、宋苏子瞻,姓名彰彰然,常在人耳目。今朕有赵子昂与古人何异。"①

赵孟頫应该也很明白元代帝王将其作为文学侍臣,沽名比汉、以彰盛世、以饰文治的实质。何况他年幼时,母亲就教导他:"汝非多读书,何以自异齐民"②(《元翰林学士承旨荣禄大夫知制诰兼修国史赠江浙等处行中书省平章政事魏

妙巖寺本名東際
距吳興郡城七十
里而近曰徐林東
接烏戍南對涵山

元 赵孟頫《妙严寺记》

---

① 赵孟頫著,黄天美校:《松雪斋集》,西泠印社 2010 年版,第 333 页。
② 欧阳玄:《圭斋文集》卷 9,文渊阁《四库全书》本。

国赵文敏公神道碑》),"圣朝必收江南才能之士而用之"①(杨载《大元故翰林学士承旨荣禄大夫知制诰兼修国史赵公行状》),因此他有目的地读书至仕,他的才学本身就带有用世的功利目的。所以他平静的"精神巢穴",实际上也纠结着各种矛盾而汹涌不平,他的情感世界也就在一种怪异的宁和中喷发着激越沉厚的低吟。

赵孟頫情感世界中这种异样平静之下蕴藏了几个方面的矛盾,这在其诗文中反映得很多。首先是不可回避的关乎其身世的故国问题。《次韵刚父即事》道:"谁向夜深吹玉笛,伤心莫听后庭花。"②(《次韵刚父即事绝句》)关于"吹玉笛",李白《与史郎中钦听黄鹤楼上吹笛》有"一为迁客去长沙,西望长安不见家。黄鹤楼中吹玉笛,江城五月落梅花。"③李白乾元元年(758年)流放夜郎途中过武昌游黄鹤楼,用贾谊贬谪长沙的事典,借闻笛抒其迁谪去国之情。赵孟頫此诗又可能借用李诗"吹玉笛"的用意。而"后庭花"本就是亡国之音。这首诗表面意思是拒绝故国之思,而又在典事的排比中不自觉地透露出深在的愁思和无奈,赵孟頫是在一种主动的积极回避中被动地怀念故国。这种必须加以节制和抑移的本能思愁最后抒发为一种平淡的,甚至夹杂了一些跳出历史兴亡循环怪圈而进行局外旁观时的通泰感的淡淡忧愁,他不讳言东南故都,因为他已经淡然处之。但淡然的背后还是有着故国泪辞、无可奈何的

---

① 任道斌编校:《赵孟頫文集》,上海书画出版社 2010 年版,第 273 页。

② 赵孟頫:《松雪斋集》卷 5,文渊阁《四库全书》本。

③ 李白著,瞿蜕园、朱金城校注:《李白集校注》,上海古籍出版社 1980 年版,第 1351 页。

情感奠基。这在其《钱塘怀古》一诗中表现得十分明显：

> 东南都会帝王州，三月烟花非旧游。故国金人泣辞汉，当年玉马去朝周。湖山靡靡今犹在，江水悠悠只自流。千古兴亡尽如此，春风麦秀使人愁。①

其次是直接关系其人生轨迹的仕隐问题。《初至都下即事》："半生落魄江湖上，今日钧天一梦同"②，《赠张彦古》："我今素发飒以白，宦途久矣思归耕"③，《题范蠡五湖杜陵浣花图》："江花江草诗千首，老尽平生用世心"④，《次韵叶公右丞纪梦》："倦游客子何时去？屡欲言归天未许"⑤，《水调歌头》："行止岂人力，万事总由天"⑥，既想"钧天一梦"，入京为官，又念及种种，想要归耕，但却身不由己，不能遂隐。

第三是其人性中的多种冲突。赵孟頫自言"率""真"，存有高志，《述怀》说："我性真且率，不知恒怒嗔。俯仰欲从俗，夏畦同苦辛。"⑦《和子俊感秋》："吾生性坦率，与世无竞奔。空怀丘壑志，耿耿固常存。"⑧但是他又徘徊在名利之间，《五柳先生传论》："矧名教之乐，加乎轩冕；违己之病，甚于冻馁。此重彼轻，

---

① 任道斌编校：《赵孟頫文集》，上海书画出版社 2010 年版，第 63 页。
② 任道斌编校：《赵孟頫文集》，上海书画出版社 2010 年版，第 91—92 页。
③ 任道斌编校：《赵孟頫文集》，上海书画出版社 2010 年版，第 44 页。
④ 任道斌编校：《赵孟頫文集》，上海书画出版社 2010 年版，第 94 页。
⑤ 任道斌编校：《赵孟頫文集》，上海书画出版社 2010 年版，第 46 页。
⑥ 任道斌编校：《赵孟頫文集》，上海书画出版社 2010 年版，第 195 页。
⑦ 赵孟頫撰：《松雪斋集》，西泠印社出版社 2010 年版，第 45 页。
⑧ 顾嗣立：《元诗选》初集，中华书局 1987 年版，第 544 页。

元 赵孟頫《秋郊牧马图》

有由然矣。"①《南泾道院记》："人之生也，自非圣贤，莫不有所役，或役于名，或役于利，大有所求则大役，小有所求则小役，总总如也。"②虽然"与世无竞奔"，但他还是认可功名利禄，认为人不能没有功利之心，这可能跟他率真的个性有关，他不想隐藏掩饰对名利的追求。然而他又明白富贵功名并不长久，他把荣禄置于生死时间命题中，认识到它的相对渺小，《咏怀六首》之一："人无金石寿，生年不盈百。何为慕荣禄，抱此长戚戚。"③所以他转向文学的归宿，转向心中的那一片异于流俗的圣土。《酬滕野云》说："功名亦何有，富贵安足计！唯有百年后，文字可传世。"④他的文学理想同他归隐山林的理想是一致的，长期存在于心的，所以说"空怀丘壑志，耿耿固常存"。这些文学隐逸理想与名利现实纠结在一起，又遭遇到赵孟頫的"率""真"个性，使得他在茫然之感中更愿意活在当下，在洒

---

① 任道斌编校:《赵孟頫文集》,上海书画出版社 2010 年版,第 109 页。

② 赵孟頫撰:《松雪斋集》,西泠印社出版社 2010 年版,第 181 页。

③ 赵孟頫撰:《松雪斋集》,西泠印社出版社 2010 年版,第 12 页。

④ 任道斌编校:《赵孟頫文集》,上海书画出版社 2010 年版,第 20 页。

脱的醉态人生中保守着一定的理想。其《咏怀六首》之一表达得就很明确:"今日忽已过,来日非所知。有酒且复饮,既醉歌令仪。"①

总之,赵孟頫的情感总在多种的矛盾和冲突中努力保持着一个平衡,在外,对世人成就了他作为一个大家的风范。然而在其内,作为一个处于多层夹缝中的个人来说,他却不免受着各种情绪因子的激荡,他的修持在某种程度上说正是为了解决他内在的诸种矛盾。正如他在老年时写的一首《自警》诗所说:"齿豁童头六十三,一生事事总堪惭。唯余笔砚情犹在,留与人间作笑谈"②,"堪惭"带有谦虚的色彩,也是其内心的真实写照,"作笑谈"更是在"堪惭"心理下的无奈处置,这些"情"感因子只能蕴藏在他留下来的"笔砚"之中,供后人去寻绎罢了。

2.杨维桢:末世的异端凸现

杨维桢(1296—1370),字廉夫,号铁崖,会稽(浙江诸暨)人,元末著名文人,有《东维子文集》《铁崖先生古乐府》。张晶《辽金元诗歌史论》评杨维桢说:"杨维桢的诗论,是带着很强的异端色彩的,对于延祐时期的权威诗论,是一个很大的冲击,同时,也开启了明代公安三袁等人的先河,具有一定程度的文学解放的意义。"③

明李诩《戒庵老人漫笔》记录了杨维桢的诸多别号:"维

---

① 赵孟頫著,黄天美校:《松雪斋集》,西泠印社出版社2010年版,第12页。
② 任道斌编校:《赵孟頫文集》,上海书画出版社2010年版,第294页。
③ 张晶撰,魏连科点校:《辽金元诗歌史论》,吉林教育出版社1995年版,第356页。

桢字廉夫,号铁崖,凡铁雅、铁笛、铁史、铁龙精、铁仙、铁龙仙伯、老铁、东维子、抱遗老人、桃花梦叟、锦窝老人、边上梅皆其别见者也。"①其中,带有"铁"字的就有七个号,且以"铁"字冠以"老"字,这无疑表现了杨维桢对于"铁"字的喜好,而这也表现了他性格里面固执,不同世俗的一面,号"老铁",无疑还含有对这种固执的偏好和自赏。而这也正是固执异端思想的体现。

宋濂《元故奉训大夫江西等处儒学提举杨君墓志铭》认为,杨维桢的"任情任性"是"特托此以依隐玩世耳,岂其本情哉。"②《铁雅先生复古诗集·古乐府序》说:"先生自谓余二十字香奁诗,乃是古乐府辞,发情止义之化也。不可例以艳歌小词目之。"③"发情"是真,"止义"也是真,杨维桢的创作也绝非一般的"艳歌小词",而是有着深刻的思想和深蕴的情感内涵。《铁崖先生复古诗集·续奁集序》:"陶元亮赋闲情出蛰御之辞,不害其为处士节也。余赋韩偓续奁,亦作娟丽语,又何损吾铁石心心肠也哉。法云道人劝鲁直勿作艳歌小辞,鲁直曰:空中语耳,不致坐此堕落恶道。余于续奁亦曰空中语耳。"④张士诚请杨维桢饮元主所赐御酒,"酒未半,廉夫作诗曰:'山中岁岁烽烟起,海上年年御酒来。如此烽烟如此酒,老夫怀抱几时

① 李诩:《戒庵老人漫笔》,《元明史料笔记丛刊》本,中华书局 1982 年版,第 125 页。

② 罗月霞主编:《宋濂全集》,浙江古籍出版社 1999 年版,第 681 页。

③ 杨维桢:《铁崖先生古乐府》卷 13,王云五主编《万有文库》第二集七百种,商务印书馆 1937 年版,第 121 页。

④ 杨维桢:《复古诗集》卷 6,文渊阁《四库全书》本。

开。'士诚得诗,知廉夫不可屈,不敢强也。"①从中可见杨维桢是一个有思想的特立独行的文人。

杨维桢自己的文学创作情感直露,大胆不羁。其古乐府诗《杀虎行》:"夫从军,姜从主,梦魂犹痛刀箭瘢,况乃全躯饲豺虎。"②《西湖竹枝歌》九首之一:"劝郎莫上南高峰,劝我莫上北高峰。南高峰云北高雨,云雨相催愁杀侬。"③《吴下竹枝歌七首》之一:"宝带桥西江水重,寄郎书去未回侬。莫令错送回文锦,不答鸳鸯字半封。"④其实他写男女情事也是其个性突出的一种途径。而他所写也并非止于男女情事上,而是在这种写作中张扬自己的个性,宣泄自己的情绪,在一种表象下蕴含了深刻的思想和深厚的情感。这里面包括对现实的批判,对社会的不满,对个性的诉求,因而不可以从表面的字词来对他进行理解和定性。

总之,在元代,在抒写性情的问题上,南北文人显然有较大差异,前中后期的文人也有差异。从以上对刘秉忠、杨维桢等具有代表性文人的分析中,可以看到几个差别性特点。一者,北方文人抒写性情比较简约节制,理性现实、质实直接,而且受理学影响,情绪浓度较小,约情归性,相对平和自然;南方文人感情深烈,情绪激越,表达委婉曲折,话语方式多样,个性张扬,性情凸显,任情随性,相对激烈和张扬刺露。二者,前中

①何良俊:《何氏语林》卷13,文渊阁《四库全书》本。

②杨维桢:《铁崖古乐府》卷7,文渊阁《四库全书》本。

③杨维桢:《铁崖古乐府》卷10,文渊阁《四库全书》本。

④陈衍辑撰,李梦生校点:《元诗纪事》,上海古籍出版社1987年版,第370页。

期文人情绪稳定平和,中后期文人性情张露,这也体现出社会发展、朝代更迭,文人心理受影响而产生波动。三者,在元代初期,一些多少有些留恋故宋的南方文人,如庐陵刘将孙、赵文等人,也是个性突出,文辞激烈。

元代不同时期南北文人心态的不同,以及南北文学风貌的整体差异,这是受地域、学统、文化、社会的综合影响而形成的。另外,元王朝是北方民族所主的社会,整个社会风气,以及文坛主流风气,也受北方少数民族盛大自信刚质朴实的影响,也呈现出宏阔之势、安稳平和之象,这促成了元代平易正大盛世文风的形成。当然,这种文风不是北方文人才有,在元代中期,已经成为南北文坛的普遍之象。可以说,北方征候的笼罩,使得元代中期文坛也被笼罩以北方气象,呈现出盛大、质实、和易的风貌。这是一个朝代的特征使然,在元代则是元代气象,是一种群体性的思维视角。而随着元王朝走向没落,汉族主导的南人势力和意识的增强,影响而至文坛,文人开始张扬性情,突出个性,元末的杨维桢、高启是很好的例子,元代气象的社会群体眼光,重又回归到个体心灵的思维上。可以说,杨维桢的文风开始了明代的个性风气。汉人所立的明王朝最终取代蒙元,整个社会气象也回归到汉人视角,元代基于群体思维的平易正大之风,被明代基于个体视角的心性思维取代。明代心学大盛,文人多突出自我,甚至形成一种夸张自大不实之风,明代文坛的这种明代气象,从民族社会的角度来加以观照,其实也是对元代气象的一种反拨,从社会关注回归到个人本体。

第五章

元代文论思想中的理学影响

在理学家文人的文论思想中，也有融合理学和性情的趋势。元代北方文人郝经的文学思想受理学影响，讲求实用和"内游"般的心灵体悟，推崇诗三百和李杜苏黄等人。对于诗歌的抒情，他讲究将"人情"关联现实"治乱"，他提倡诗歌抒写"性情"，只是他所说的"性情"是含有"心""性"的理学因子，因而是平和之情和现实人情。这与一般道学家空谈心性义理又不相同。这影响及于他对诗歌风格的偏好，欣赏平帖精当和切至清新的诗风，而不喜理晦语滞，其文学思想整体还是趋于质实。

受儒家思想尤其是理学思想的影响，元代文论家往往兼顾性情与法度，这以方回为代表。方回崇尚陶渊明，同时学陈师道，既要求抒写自然性情，又讲求诗歌法度，实际上是讲求诗学内容与形式两方面的统一。其论诗诗《秋晚杂诗》《西斋秋感》《读张功父南湖集并序》，有关于"活法""天趣""朴"等范畴和表述，既包含了他对于诗歌在抒写真性情的基础上讲求运用活法的诗学思想。"朴"是方回的诗学理想，"活法"是其所提诗学方法，以达到"天趣""天珍"和自然为诗的诗学境界。

作为著名的诗歌评论和鉴赏家，方回的诗评思想也体现出浓厚的重性情的因子,他评诗讲求"格高""意到",提倡清新骚雅诗风。方回晚年所作论诗诗《诗思》十首是他对自己一生评诗思想的总结。这十首五言律诗具有一致的思想情感,语言形式上处处关联,构成一个完整而严密的诗论体系,其中包括对诗史图景的描画,对宋元诗弊的批判。方回《诗思》评诗效仿先贤胡仔,诗歌评鉴重诗骚正统、清新诗风而次才名,反对刻意求工,提倡创作中的自然灵感。《诗思》基本以"评"的话语方式进行,这也是方回诗学思想的体现。

第一节　文人文论思想中的理学影响与重性情倾向——以郝经为例

郝经(1223—1275),字伯常,陵川(今山西晋城)人,是元代初期北方的诗文大家,著有《陵川集》三十九卷。他的文学思想受理学影响而又有所不同,他主张文以致用和抒写性情,即平和的现实的人情,文学风格趋于平和清新,他的文学思想整体上比较质实。关于郝经的文学思想,查洪德先生《郝经的学术与文艺》(《文学遗产》,1997 年第 6 期)一文已有论及,说"受实学影响而重视文之'用'"①。宴选军《南北理学思想汇合下的郝经》(《晋阳学刊》2003 年第 6 期),也从理学思想的方面具体考察了郝经的学术思想。另外也有文章梳理他的文学思想,但还有待深入考察和理解。理学影响和性情成分在郝经

---

① 查洪德:《郝经的学术与文艺》,《文学遗产》1997 年第 6 期,第 57 页。

的文论思想中并不相悖,而是同时存在且互相融合,表现出来的就是质实的风貌。

一、理学对郝经文论思想的影响

元代的文人多受理学思想影响,往往身兼理学家和文人两重身份,他们的文学抒情也不可避免地因为带有理学思维倾向和以道入文而呈现出清和之风。清人黄百家在评元代的学派承传时就说:"金华之学,自白云一辈而下,多流而为文人。夫文与道不相离,文显而道薄耳。虽然,道之不亡也,犹幸有斯。"[1]

郝经的文论思想明显受理学思想的影响,而且有些内容直接是以理学家的思想或者理学的眼光来论

朱熹手札

---

[1] 黄宗羲著,全祖望补修,陈金生等点校:《宋元学案·北山四先生学案》卷82,中华书局1986年版,第2801页。

文。他反对事虚文而弃实用,排斥佛老二氏异端,讲究文之质和文之用,他在《文弊解》说:

> 事虚文而弃实用,弊亦久矣。自为己之学不明,天下之人狃于习而啖于利,是以背而驰之,力衔而为之,噪援笔为辞,缀辞为书,藉藉纷纷,不过夫记诵辞章之末,卒无用于世,而谓之文人,果何文耶?俾佛老二氏蠹于其间,文武之道坠于地,而天下沦于非类也宜矣。其不幸而不观于大庭氏之先, 而不见夫文之质也, 不幸而不游于孔氏之门,而不见夫文之用也,不幸而不穷夫六经之理,而不见夫文之实也。仰而观,俯而察,天地之间,众形之刻镂,众色之光绚,众声之咿喔,众变之错踩,烂乎其文,而若此也,不知孰为之而孰缀之,乃规规以为工,切切以为巧,斐斐以为丽,角胜而相尚,为文而无用,何哉?①

郝经论文善举例前代,追踪溯源到先秦上古。他十分推崇史臣所赞的"聪明文思",以及孔子所说"焕乎其有文章",看到"文"之为文,主要在"思"与"章"二义上,这又加重了其经世致用的论文重点。他认为文章应该是"圣贤之膏腴, 道德之精华",厌弃"后世文士,工于文而拙于实,炫于辞章而忘于道义"(《文弊解》),而关注当时元代社会"道丧实弊"的现实。

郝经直接将宋代的理学家与文学家并举,在《文说送孟驾之》中说:"有宋氏兴,欧苏周邵程张之徒,始文乎理,而复乎

---

① 郝经:《陵川集》卷 20,文渊阁《四库全书》本。

本。"①他论文讲求"顺""理",在这篇文章中言:"文可顺而不可作也。天地有真实正大之理,变而顺,有通明纯粹不已之文,是其所以为之,非矫揉造凿而然也。唯其变,是以有文;唯其顺,是以不已。"而他在讲"理"的同时也讲"法",认为"理"先于"法"在,《答友人论文法书》中说:"夫理,文之本也;法,文之末也。有理则有法矣,未有无理而有法者也",认为"诗有性情教化之理,而后有风赋比兴之法"②。并且说"今之为文者,不必求人之法以为法,明夫理而已矣",这也从一个侧面反映了元代文人为文重法而不重理的现象。他提倡"文固有法,不必志于法,法当立诸己,不当尼诸人",认为法在于作家自己,而遵循了个人之法,则是"顺"了普遍之"理",所以"骚赋之法,则本屈宋","议论之法,则本马迁",而"苟志于人之法而为之,何以能名家乎!"(《答友人论文法书》)

郝经重实用,他在《内游》中反对"仅发于文辞而不能成事业",③但是他也重视深在的心灵体悟,他的情感是一种理学思维影响下的阔大、中和、深在的情感,而且主于儒家对于世治苍生的关怀,可以说是一种以理学家高度抽象,形而上化之后,在一种很高的人生哲学境界中,超越世俗,居高临下,以牧民者的大、和关怀而生发的情怀。他提倡:

身不离于衽席之上,而游于六合之外,生乎千古之

---

① 陶秋英编选:《宋金元文论选》,人民文学出版社1984年版,第472页。
② 郝经:《陵川集》卷33,文渊阁《四库全书》本。
③ 郝经:《陵川集》卷20,文渊阁《四库全书》本。

下,而游于千古之上,岂区区于足迹之余、观览之末者所能也?持心御气,明正精一,游于内而不滞于内,应于外而不逐于外。常止而行,常动而静,常诚而不妄,常和而不悖。如止水,众止不能易;如明镜,众形不能逃;如平衡之权,轻重在我:无偏无倚,无污无滞,无挠无荡,每寓于物而游焉。于经也则河图洛书,刓划太古,掣天地之几,发天地之蕴,尽天地之变,见鬼神之迹。太极出形,面目于世,万化万象,张皇其中,而弥茫洞豁,崎岖充溢;因吾之心,见天地鬼神之心;因吾之游,见天地鬼神之游。①

"内游"其实也正是理学家糅合佛老思想,从外在的事功图治、仁义礼智转向内在的心、性、义、理哲学反思的反映。魏崇武先生说,宋元时期的"'内游'说以蒙元初期的郝经为代表,偏于强调读经明理",并且将"内游"说联系文气论,认为郝经所理解的"气"也是"蕴理之气"。②上引郝经所言"持心","常诚而不妄,常和而不悖"所体现的中和、和易思想也是理学思维的反映。

魏崇武先生认为:"与谈佛论道者不同,郝经所说的'内游'并非一种恍兮惚兮的冥想,而是指通过认真研习儒家经典著作,在扎实的学问基础上,沿着正确的思想道路,在内心澄明平和的状态中, 进行丰蔚灵妙的体验和精审专注的思

---

① 陶秋英编选:《宋金元文论选》,人民文学出版社 1984 年版,第 480—481 页。

② 魏崇武:《"外游"与"内游":宋元时期"文气"说略论》,《社会科学研究》2009 年第 6 期,第 172—174 页。

考。"①这是很对的。然而，上引"天地""太极"等话语的表述，则分明是老庄思维的流露。"因吾之心，见天地鬼神之心"，则明显是以己心照天地太极之大心。其实，理学本身是儒家思想与释道思维途径的融合，带有以心观物、以思维飞跃、顿悟彻悟似的境界哲学进行思考的因素，所以理学影响下的文艺思想也带有老庄思想的形式痕迹。宋代理学的以内观外，以心观物的思维经过元代理学家的发挥发展，在明代逐渐演变成为心学。而元代受理学思想影响的文人如郝经，也因为受理学的影响而思维更加转向内心的深静自省，这使得他的文学情感更加成为一种深在的然而又和易、不失其中的情感。这种不失其中，一方面表现在他于文学中提倡的是儒家礼仪道德，是寻常人伦、社会伦理，他说："至矣哉！君君臣臣，父父子子，夫夫妇妇，兄兄弟弟，何盛尔也。"(《内游》)另一方面，也表现为他对于"道"与"气"的追求，他说：

> 如是则吾之卓尔之道，浩然之气，厥乎与天地一，固不待于山川之助也。彼隳山乔岳，高则高矣，于吾道何有？长江大河，盛则盛矣，于吾气何有？(《内游》)

郝经所提倡的"道"与"气"是"与天地一"的，是不囿于外物的，即如"隳山乔岳""长江大河"。《孟子》说："我知言，我善养吾浩然之气。"又说："其为气也，至大至刚，以直养而无害，

---

① 魏崇武：《"外游"与"内游"：宋元时期"文气"说略论》，《社会科学研究》2009 年第 6 期，第 174 页。

则塞于天地之间。其为气也,配义与道;无是,馁也。是集义所生者,非义袭而取之也。行有不慊于心,则馁矣。"①从先秦开始,思想家们就开始以一种大视野、大襟怀,一种齐一的宇宙思维、天地眼光来审照万物,进行思考。他们将人的一种心灵状态,一种精神境界表述为"气",着上"大"、充"塞"的特点,其大而无处不在的特点也不无道家的宇宙齐物的思维,其"刚""直"又不无法家的正义色彩,最主要的是它还配上儒家的道""义"精神,而以"心"取而行之,这又回归于人的个体精神本身。郝经吸取、继承并发挥了前人对于"道""气"的哲学理解,而形成自己关于道""气"的范畴定义,虽然他没有在《内游》一文中明确定义,但他所使用的"道""气"概念必然有他自己的固定内涵。总之,他的"道""义"还是主于一心的,由内观外的,又有和易特点的定义,这一切,还是糅合儒释道各家的理学思维的反映。

郝经的这种理学实用精神反映在诗论中,则是以诗为正,推崇诗三百、李白、杜甫以及苏轼、黄庭坚,勾勒出他心目中的诗学正统线索。他在《遗山先生墓铭》中说:

> 诗自三百篇以来,极于李杜,其后纤靡淫艳,怪诞癖涩,寝以弛弱,遂失其正。二百余年而至苏黄,振其衰踣,益为瑰奇,复于李杜氏。金源有国,士务决科干禄,置诗文不为;其或为之,则群聚讪笑,大以为异。②

---

① 杨伯峻译注:《孟子译注》,中华书局 1960 年版,第 62 页。
② 陶秋英编选:《宋金元文论选》,人民文学出版社 1984 年版,第 465 页。

他极力推崇以诗三百以至于李杜诗的诗教正统，认为只有苏黄能振起不正诗风而复李杜正统，以纠正当时把诗歌视为无关干禄之笑料的不良风气。所以他接着赞叹元好问："上薄风雅,中规李杜,粹然一出于正,直配苏黄氏。"还铭曰："先生卓荦有异识,振笔便入苏黄室。"

而对于诗歌的风格,也是欣赏"天才清赡,邃婉高古,沈郁大和,力出意外,巧缛而不见斧凿,新丽而绝去浮靡,造微而神采灿发。"(《遗山先生墓铭》)"大和"诗风同时也是理学和、易思维的一种外化;"沈郁"是对杜甫诗歌沉郁顿挫风格的继承,是多关注于社会的,体现了受理学影响而生的用世思想;而不斧凿、绝浮靡又是一种朴实的诗风,亦符合理学的重礼仪规矩的风格;造微则更在关乎作者内心的创作思维上接近了理学的哲学精义,这是一种在儒家世治基础上,糅合了禅学顿悟、道家无为思想而产生的内向性的个体哲学反思。

二、郝经文论思想的重性情倾向

郝经对于文学抒情性特别是诗歌抒情性的观点，亦趋于理学家经世致用的思想。他将诗歌抒发"人之情"的特性与王政治乱关联起来,他在《五经论·诗》中感慨道："至矣哉! 诗之于王政如是之切也,于人情如是之通也,于治乱如是之较且明也。"[①]他用"通塞"论人情,而且关联社会"治乱"的问题,他认为:"天下之治乱,在于人情之通塞"。而"通塞"之情是牧民者

---

① 郝经撰,秦雪清点校:《郝文忠公陵川文集》,山西人民出版社 2006 年版,第 279 页。

148

也就是"圣人"所要考察的,所以,"昔者圣人惧民情之塞而弗通也,于是乎观乎诗"(《五经论·诗》),诗是圣人观情的一个重要途径:

> 诗者,述乎人情者也。情由感而动。感之浅也,或默识之而已,或形乎言而已;感之深也,言之不足长言之,长言之不足咏歌之,诗之所由兴也。喜而为之美,怒而为之刺,其哀也为之闵,其乐也为之颂。美而不至于谀,刺而不至于訾,哀之也而不至于伤,乐之也而不至于淫。(《五经论·诗》)

由感而动的情有深浅之分,也有相应的"言""长言""咏歌"的不同表现形式。刘祁《归潜志》也认为,诗是"本发于喜怒哀乐之情"[①]。而郝经将人情分为喜怒哀乐四种,认为这四种人之"情"在诗中的存在形态又不同于现实中各式各样的激发,而是有着中国诗歌传统的诗性约束,实际上就是一种基于"乐而不淫,哀而不伤"[②]的中和思想。他所理解的喜怒哀乐之理也跟仁义礼智有关,他在《与撖彦举论诗书》中指出:"凡喜怒哀乐,蕴而不尽发,托于江花野草、风云月露之中,莫非仁义礼智、喜怒哀乐之理。"[③]郝经还将这种思想推进到社会治乱、王

---

① 刘祁:《归潜志》卷 13,文渊阁《四库全书》本。
② 杨伯峻译注:《论语译注》,中华书局 1980 年版,第 30 页。
③ 郝经撰,秦雪清点校:《郝文忠公陵川文集》,山西人民出版社 2006 年版,第 344 页。

政治理的方面,指出了下民之诗对上的"谀""詈",不仅仅是局限于个人情感"伤"或"淫"的程度问题了。这在另一方面也可以折射出元代社会中诗人们对元代统治者,对于社会上层的一种或"谀"或"詈"的相对话语自由,以及时"伤"时"淫"的抒情激越。

郝经论诗还是注重其"歌咏性情"的特性,他说诗是"所以歌咏性情,以为风雅",又说:"诗之所以为诗,所以歌咏性情者,只见三百篇。"(《与撤彦举论诗书》)但他还是强调吟咏性情乃是用于"察安危,观治乱,知人情之好恶,风俗之美恶,以为王政之本"(《与撤彦举论诗书》)。他认识到诗歌的抒情本质,在《文弊解》中说:"诗之文,实情也。"他在《论八首·情》中说:

> 情也者,性之所发,本然之实理也。……故情之生也,发于本然之实,而去夫人之伪。恻隐羞恶、是非辞让,其理则根于性;为仁为义、为礼为智,其端则著于心;喜怒、哀乐、好恶,其发见则具于情。可喜而喜,可怒而怒,可哀而哀,可乐而乐,至于好恶,皆当其可而发,则动而不括,无非其实,得时中之道。……后世虚空诞妄之学,行务乎上而不务乎下,务乎伪而不务乎实,谈天说道,见性识心,斩然而绝念,块然而无为而不及情,其所谓性与心者则安在哉?可谓不情之学也。[1]

---

① 郝经撰,秦雪清点校:《郝文忠公陵川文集》,山西人民出版社 2006 年版,第 269—270 页。

郝经将"性""心""情"三个概念并论,认为"情"是"性之所发",是"喜怒哀乐好恶"的"发见"。然而郝经所论的"情"有其自身的特定范畴:

其一,它是被理学的"心""性"标准所净化了的具有人性真善的道德特征的"情",是"去夫人之伪"的,由人的"心""性"自然自发的,这在郝经的理论中被表述为一种"本然"的"实理"。它是"性之所发,是本然之实理",是"发于本然之实,而去夫人之伪"的。而这个"性之所发"同时也及于"心",是"恻隐羞恶,是非辞让"之"性","为仁为义,为礼为智"之"心"。

其二,因于这种"心""性""本然"的理学家眼光的定位,这个"情"是比较中和之情。要"好恶皆当其可而发","可喜而喜,可怒而怒,可哀而哀,可乐而乐",要"动而不括,无非其实,得时中之道"。其中的"可"字已经限定了郝经所谓"情"的中和规范的理学意义。根据郝经的这段言论,也可以再次证明,他的情感论,也是建立在理学"心""性"范畴和思维模式之上的,其文论中的"心""性""情"最后还是归总为一个"理"字,由"理"而统,这明显是理学思想的生发。

其三,虽然郝经论"情"还是受"心""性""理"思维的影响,但是他不提倡空谈心性义理,而是主张及乎实"情"。认为仅仅"谈天说道,见性识心,斩然而绝念,块然而无为,而不及情"是一种"虚空诞妄之学",是"务乎上而不务乎下,务乎伪而不务乎实",这样会导致"性与心者则安在哉"的结果,是一种"不情之学"。他把空谈心性义理定为一种"上",也即形而上之道,是一种内在"本然"的东西,具有"虚"的特点。而把"情"看成是

"实"的,是一种"实理",是形而下之器。总之,他反对空谈心性义理的"不情之学"。

郝经欣赏"精"的风格,他认为"诗,文之至精者",他摒弃当时只求工丽的诗风,说撒彦举的诗作"工于字句而乏风格","不为不工,不为不奇,殆亦未免近世辞人之诗"(《与撒彦举论诗书》)。对于近体诗,郝经更欣赏"平帖精当,切至清新,理不晦而语不滞"者(《唐宋近体诗选序》)①,这其实也是近于理学家的诗歌风格。他觉得诗应该"依违而不正言,恣而不迫切,若初无与己,而读之者感叹激发,始知己之有罪"(《与撒彦举论诗书》),即诗人以从容不迫的诗言来感发读者,使读者进入一种境地被激发的状态,诗的性情激越的特质在郝经看来是针对受者而不是作者。他提倡以平贴精当从容之诗来激发读者,使读者进行自身的反观反省,而有用于世治。他认为近体诗,特别是四句一首的绝句,是"穷理之一事"(《唐宋近体诗选序》),其内容应言"事"说"物",而不是抒发个人情感,这样必须要"至简而至精粹"。他在《唐宋近体诗选序》中首先就说:"事有至大,物有至多者,万言之文,不足以尽其理。诗四言何以毕之?所谓至简而至精粹者也。"正是基于这样的思想,他认为绝句贵在中有一二警绝秀句,如同"中有一二奇峰,则诸山皆美矣",这是"绝句之全篇,诗人所尤重也",所以他"集唐宋诸贤绝句全篇之可为矜式者,与夫杰辞丽句之可以警动精神者",而编选《唐宋近体诗选》。

郝经对诗歌抒情性的观照是建立在对诗歌社会功用的认

---

① 陶秋英编选:《宋金元文论选》,人民文学出版社 1984 年版,第 471 页。

识之上的,他将文学向内的深在情感抒发性淡化,而突出了诗歌向外的言说性,更强调读者而不是作者,把诗歌的社会性拔高到个体性之上,因而具有了浓郁的受理学影响的趋向。而这也正从反面映照出了元代诗学抒情的自我性、内向性,个人抒情及对外言志相对于其他朝代的自由特征。只是郝经的情志抒发相对平和质实,他所关注的问题,其文学抒写的大多是儒家思想所观照的内容。然而就其文学思维来说,他还是讲求真性情和心灵体悟的。

第二节 方回论诗诗中的"活法"论及性情内涵

方回是元代著名的诗论家,他编选《瀛奎律髓》①,以选和注的方式来表达自己的诗学观点。他提倡作诗要抒写真性情,但也要讲求形式和法度,以法为据。《瀛奎律髓》就是以具体诗歌为例,按照方回自己所认为的诗学内在学理发展的层次,逐首评读,以见其法。关于方回的"活法"论,学界已有诸多阐释,

① 早在 20 世纪 80 年代即有许总《论〈瀛奎律髓〉与江西诗派》,发表于《学术月刊》,1982 年第 6 期,90 年代有莫砺锋《从〈瀛奎律髓〉看方回的宋诗观》,发表于《文艺理论研究》1995 年第 6 期。后有一批硕士、博士论文专于研究该书诗学思想,从 2004 年至 2013 年共计 8 篇。近年来,研究仍然不断,关注于方回对具体诗人的评价,如李奎光、李良《从〈瀛奎律髓〉看方回的许浑批评》,发表于《中国文学研究》2009 年第 2 期,王宏林《论方回〈瀛奎律髓〉对贾岛的独特定位》,发表于《文艺理论研究》2011 年第 5 期。

主要集中在他对前人诗作的学习方法上。而方回所提"活法"不仅仅局限于方法论上，其中也贯穿了方回的诗学思想，有着方回诗学基本理念的要求。在诗学上，方回尚自然、尚朴，其实是要求诗歌抒写诗人的真情实感，也就是表现不矫揉造作的真性情。他注重诗歌的内在思想情感，但也重视诗歌外在的形式之美，他也讲求为诗的法度，然作诗的"活法"也是基于抒写真性情上的。而关于诗歌所内蕴的情思主旨内容，方回则推崇儒家的情怀，这也反映了方回诗学的儒家诗教正统。这些理论包含于其诗论材料和论诗诗中，从中可以解析方回诗学中追求以儒教思想为主的真性情因素，和其对于诗歌形式法度的看法。

学界对方回诗学思想已有较为深入的研究，主要关注于他对江西诗派的理论贡献，对诗歌格法的具体要求，他的诗评取向等方面，这些研究主要依据方回所编选的《瀛奎律髓》，但关于方回自己所做的论诗诗，却少有关注。方回《桐江续集》36卷，前28卷皆为诗歌，其中包括一些论诗诗及论诗佳句，如《次韵孙元京见过言诗》："欲疗左盲治穀废，合除白俗扫元轻。"《题郭熙雪晴松石平远图为张季野作是日同读杜诗》："书贵瘦硬少陵语，岂止评书端为诗。"①下文即从方回自己的论诗诗中解析其"活法"论及其重性情的诗学思想。

一、性情与法度结合：方回的"自然"之尚

方回在诗学上不废内容与形式两方面，讲求性情与法度

---

① 两首诗分别见于方回著《桐江续集》卷 16、卷 12，文渊阁《四库全书》本。

结合,追求自然之诗。其《赵宾旸诗集序》即表达了对"出于天真之自然"的追求。他在《瀛奎律髓序》中说:"斯登也,斯聚也,而后八代、五季之文弊革也。文之精者为诗,诗之精者为律。所选,诗格也。所注,诗话也。学者求之,髓由是可得也。"①这里的"诗格"是方回用以表述其特定诗学思想的一个范畴,其内涵不能等同于通常所言之"诗格"。他所批判的"文弊"是八代、五季讲求形式而缺乏思想情感的浮靡文风。然而他并不是完全不讲形式,他讲求的是一种基于抒写真实思想感情基础上的诗歌形式美,而不是刻意的雕绘。关于诗歌传统他感叹到:"今所谓永言、依永、和声者,泯不复传,惟言志尚可论耳!"②(《赵宾旸诗集序》)方回的感叹是针对"歌"、"声"、"律"这样的声音形式,可见他很看重诗歌的声律美。方回既重诗形法度,也重视诗的真实情感内容。在内容和形式关系的问题上,他更看重诗歌的思想情感,然而也不废诗歌的形式美:"俾当世诗人,反求乎根柢之所在,而无徒掇拾菁英,以事其外焉。"③(《赵宾旸诗集序》)

方回对于作诗讲求真性情,反对因求工而丧失诗歌中的性情之真。方回诗论中有"自然"、"天真"、"工"、"志"、"精"的范畴,它们是相通的。《瀛奎律髓》序中所说诗、文之"精者"首先是在文学形制上,是一种浓缩精练的语言精华;同时,"精"也指文学的思想情感,它要求在一种浓缩和节制的形式美中

---

① 方回选评,李庆甲集评校点:《瀛奎律髓汇评》卷首,上海古籍出版社2005年版,第1页。

② 陶秋英编选:《宋金元文论选》,人民文学出版社1984年版,第497页。

③ 陶秋英编选:《宋金元文论选》,人民文学出版社1984年版,第498页。

蕴含深刻而真实的情思内容。"精"里面有"真"的内容,方回崇尚"天真之自然",他在《赵宾旸诗集序》中说:

> 古之人,虽闾巷子女风谣之作,亦出于天真之自然。而今之人反是,惟恐夫诗之不深于学问也,则以道德性命、仁义礼智之说,排比而成诗;惟恐夫诗之不工于言语也,则以风云月露、草木禽鱼之状,补凑而成诗。以哗世取宠,以矜己耀能。愈欲深而愈浅,愈欲工而欲拙。①

他的"天真"是相对于"学问"、"言语"的,具体说是"排比""道德性命、仁义礼智之说","补凑""风云月露、草木禽鱼之状",也即求"工"的一路。

关于"工"的问题,方回认为需建立在抒写真性情的基础上,他在《程斗山吟稿序》中举杜诗由工入于不工的过程:

> 试取其庚子至乙巳六年诗观之,秦陇剑门行旅跋涉,浣花草堂居处啸咏,所以然之故,如绣如画。又取其丙午至辛亥六年诗观之,则绣与画之迹俱泯,赤甲白盐之间,以至巴峡洞庭湘潭,莫不顿挫悲壮,剥浮落华。今之诗人,未尝深考及此。善为诗者,由至工而入于不工,工则粗,不工则细,工则生,不工则熟。②

---

① 李修生主编:《全元文》第 7 册,江苏古籍出版社 1999 年版,第 78 页。
② 郭绍虞主编:《中国历代文论选》中册,中华书局 1962 年版,第 220 页。

他认为入于"细""熟"的诗反而"不工"。而究其核心,还是在于诗人不是抒写自己的真情实感,而一味"以哗世取宠,以矜己耀能"。所以方回接着说:"此其何故也?青霄之鸢非不高也,而志在腐鼠,虽欲为凤鸣得乎?是故诗也者,不可以勇力取,不可以智巧取,学问深浅,言语工拙,皆非所以论诗。"(《赵宾旸诗集序》)

二、性情之儒家情怀

抒写真情性的背后是有一种"志"的因素决定,上引《赵宾旸诗集序》也体现了这一深层的东西。"志"高则出语"天真",为诗"自然",不为俗法所绊,"志"低则以"勇力""智巧"刻意为诗,而入计较"学问深浅""言语工拙"的歧途。方回在《送罗寿可诗序》中说:"且善学古人者,仿佛其意度,隽远其滋味,不当尽用其语言事料。若腴若组,若冗若涩,若浅若俗,若粗若晦,若怒若怨,皆诗家之弊。"①"仿佛其意度""隽远其滋味"是要使诗有真实的情感内容,而"不当尽用其语言事料",则又是反对一味追求诗歌形式并用"事料"炫才。"腴""组""冗""涩""浅""俗""粗""晦"是指诗歌形式,"怒""怨"则是功利意图之下失中的情感使然。总之,"真"的最核心内容是洗去文学创作中的功利意图,而要有志。志的内容实际则是儒家思想,是异于为己之外为公的苍生之念。所以他提倡"无一书不读,以养其力;无一息不存,以坚其志"②(《跋俞则大诗》),而极反对"借是以

---

① 陶秋英编选:《宋金元文论选》,人民文学出版社 1984 年版,第 500 页。
② 方回:《桐江集》卷 4,《续修四库全书》影印宛委别藏清抄本。

为游走乞索之具"①（《滕元秀诗集序》）。

方回看重诗歌内在的思想情感，要求诗歌应有真情实感和儒家的用世情怀，因而对诗人有一定要求。从他对陶渊明的称美内容可以看出其评论诗人的着眼点。其论诗诗《西斋秋感》中的另一首专美陶渊明，诗曰："齐梁陈隋诗，真可以不作。至如晋宋间，渊明可无学。昭统集文选，似以珉报璞。后生今寒蝉，焉识独唳鹤。缅怀东篱间，用意极玄邈。笔势所到处，足与二雅角。心期重华并，襟度大庭朴。瓶空无酒斟，肯受寄奴托。"他认为陶诗的思想内容，主于其"极玄邈"的"缅怀""用意"，认为陶诗不是纯粹的不含情感色彩和思想意识的自然闲远恬淡，而是有其主观的"用""意"在其中的。而陶诗里面深隐的"用意"基于"缅怀"之思，形式为"玄"而"邈"，其实就是他的儒家用世情怀。从这首诗也可以看出以下几点：

其一，方回认为诗歌应有主观的情感寄托，因而欣赏陶渊明的"缅怀""用意"。"缅怀"中已含有了回顾、忆念、流连的意味，而且隐含了具体的"缅怀"对象，因而也就有了感情和思理的寄托，而不是一种虚而没有实指内容的"用意"。可见方回的诗学眼光还是着眼于诗歌内容的现实寄托意义上的，这与他崇尚杜甫的基本诗学思想是一致的。而这个"用意"是以一种"极"其"玄"而"邈"的形式风格表现出来的，具有了陶诗的独特风格。这里的"用"字有两层含义，一是对"缅怀"内容的"用"心"用"意，而其实"缅怀"本身也就是一种"用"心的回顾、在乎；二是对以诗歌形式表现这种所"用"之"意"时的"用""意"。

_____

① 方回：《桐江集》卷1，《续修四库全书》影印宛委别藏清抄本。

158

总之，不管是对其"缅怀"内容还是"选邈"形式的"用意"，"用意"本身已经含有了主观介入的成分，着上了诗人自己的意志情感色彩。因而方回的眼中，陶诗不是无物的彻底的"淡"，而是有味的"淡"，所以是自然而"绮"，与谢灵运的自然天成但无态度、情思、意味的诗句相比又高一筹。

其二，他对诗歌讲求情思深远和表达的隐含"玄邈"。关于陶诗的形式风格特点，方回总结为"玄""邈"。"邈"含有远的意思，而"玄"是晋人常用的一个词，含有重大而细微、神妙不可言说的意思。"玄邈"一指陶诗意境的悠远，如隐逸题材本身就远离尘俗。二指陶诗思想情感内容在诗歌中隐含之深远，如"缅怀"之意及"缅怀"内容，以及其他"玄""邈"之思的让人难以捉摸把握。三是指陶渊明用诗歌语言表达自己 "缅怀""玄邈"之思的方法途径，即其诗歌手段，如"此中有真意，欲辨已忘言"①的言说方式的细微神妙。

其三，他认为诗歌应有骚雅笔法。方回认为陶诗的 "笔势"，也就是写作风格和途径，其艺术笔力足与《大雅》《小雅》相匹。而"二雅"之"笔"又是怎样的"笔"呢？方回《诗思》第一首里已经说明，是"大雅嗟麟笔"，即一种感叹圣贤不用、哀时伤世的笔法。其中含有"美刺"的因素，也即《诗大序》里所说的"治世之音安以乐""乱世之音怨以怒""亡国之音哀以思"②，是正音中的"变风""变雅"。然它还是主于儒家关注世道、渴望用

---

① 陶渊明著,逯钦立校注:《陶渊明集》,中华书局 1979 年版,第 89 页。
② 孙希旦撰,沈啸寰、王星贤点校:《礼记集解》下册,中华书局 1989 年版,第 978 页。

世思想之上的。在这里,方回眼中所见的陶诗笔法,实际上还是一种骚雅笔法, 是有寄托的。方回认为陶渊明诗不是空泛无物,仅仅追求自身宁静自由,而是继承了骚雅传统,其内在还是一种寄托写实的笔法。因而他对陶渊明推崇有加,在《诗思》最后一首他说:"无时吾不梦,携酒访斜川。"①

其四,他要求诗人的心志有儒家用世之心,即"心期""襟度"之"朴"。"心期重华并,襟度大庭朴",即是对陶渊明其人其志的评述。"重华"是对虞舜的美称,"大庭"是指朝廷。方回说陶渊明的内心情志期许实际如虞舜之大, 而其怀抱襟度还是在于朝廷,在于为朝廷出力的这种朴实想法。在方回的眼中,陶渊明实际上"心期"很高,有虞舜之志,有用世之心。这与前人以一个不关心朝廷世事的纯隐士形象来理解和评价陶渊明又是不同的。总之,方回所理解的"朴",含有服务于朝廷、积极用世的内容,这是"朴"的现实思想内容。《西斋秋感》最后一联"瓶空无酒斟,肯受寄奴托",用诗语的形式总结陶渊明诗酒人生的隐逸特点及其背后的儒家用世之心。"寄奴"是南朝宋高祖武皇帝刘裕的小名。此联意谓陶渊明的酒瓶之空,实际是将待世主之托。陶渊明实际是有待世主的起用,而他怀才不遇,不被重用,只好归于隐逸,而即使归隐,依然不忘用世之志,因而流连"缅怀"。

不管是对形式内容"朴"的要求,还是对深隐儒家情怀的推崇,都传达出方回诗学思想里面讲求真性情和正统诗学路数的特点。

---

① 方回撰:《桐江续集》卷28,文渊阁《四库全书》本。

三、方回的"活法"及其具体方法

　　方回讲求诗歌的法度,然却不刻板,而是活法。"活法"也是方回诗学理论中的一个重要范畴和表述。学界对于"活法",也有诸多解析和研究。而其实,方回在自己的论诗诗中对他的活法理论已有所阐述。活法是达到某种诗学高度的具体方法和途径,其《西斋秋感》曰:

　　　　吾所学诗伯,近世惟二陈。稍换后山骨,复写简□□。□□足活法,亦复窥天珍。妙年张文潜,晚节吕居仁。书名始画屋,但疏勿与亲。雍容曳绅裾,彼为何等人。去去白云外,保此诗酒身。

　　诗中缺四字,而根据第二联的对仗关系,"后山"之后应对"简斋"。而这一首诗用"真"韵,在这个韵部的韵字中,与"骨"最为对仗的是"神"字。所以"复写简"后面的两个字在很大可能上就是"斋神"二字,这一句就是"复写简斋神"。"足活法"前面所缺二字则很难推知。此诗明确地写出了方回对陈师道、陈与义二人的推崇,对张耒年轻时候的诗和吕本中晚年诗学看法的不同,并表明方回自己诗学二陈,而不同于张耒、吕本中。这其中也表明了他关于江西诗派的看法,以及与吕本中江西诗社宗派论的不同。

　　这首诗里,方回说明了"活法"能使诗歌达到很高的艺术境界,即至"天珍"。诗歌三联言诗学二陈的具体途径,即"稍换后山"诗"骨","复写简斋"之神,"活法"为诗,这样就能再次

"窥"得诗之"天珍"。这里，方回的"天珍"又近于《秋晚杂书》中所论的"天趣"。"天珍"和"天趣"都重一个"天"字，它是对诗歌完成质的飞跃以后达到很高艺术境界的一种描述，而"珍"与"趣"又有细微的差别，后者更是一种情感创发，而前者更看重一种已经存在的珍贵情思。

而怎样"活法"，或者说活法的具体方法，方回在《西斋秋感》中也有所说明，即"换""骨""写""神"，即换他人诗形而写自己的东西。这里，"骨"是诗歌不同的风格、气格和诗歌用词遣句平仄押韵上的整体习惯，而"神"则是诗歌的内在精神，是一种高的诗歌境界。通过"复窥"二字可知在方回看来，"天趣""天珍"不仅可通过《秋晚杂书》中所说的"肺腑露情愫"，不"雕丽""纂组"而至，而可通过"换"前人诗之"骨"，"复写"他人诗之"神"，这样的"活法"而至。"稍换""复写""复窥"都是对他人诗作的一种效仿、学习和借用，然而又不是照搬和抄袭，而是一种灵活、变通的模仿借用，是在学习中的创新。可见在方回的诗学观念中，好诗既可以由天才灵感而至，如"李白"之"豪"，也可以通过变通的模拟学习而来，这就是他所说的"活法"为诗。

然而"骨"可以"换"，而"神"却不能"换"，只能"复写"，可见在艺术中有一些永恒不变的内在核心，比如方回在这里所说的"神"，这是诗学能够在模仿中创新"窥"得"天珍"的基础，也是诗歌能在模拟中创新的原因。

活法整体就是换骨写神，而具体又怎样换骨，方回对其方法也有所论。他的另一首论诗诗《读张功父南湖集》言明了"活法"的具体方法。诗曰：

生长勋门富贵中，秕糠将相以诗雄。端能活法参诚叟，更觉豪才类放翁。举似今人谁肯信，元来妙处不全工。镂金组绣同时客，合向南湖立下风。①

此诗主要评论张镃的诗，认为张镃诗能"得活法于诚斋"，也有类似陆游的"豪才"。这里再次可知在方回的眼中，诗作的"活法"跟诗人的"豪才"是不相悖的，是能统一于一个诗人身上的。而"活法"与"豪才"相统一，会使诗达到"妙"的境界。"豪才"的意义也就是天才、才情，包括聪明敏捷、情思充沛，有心胸气力。而活法之法则有以下几个方面的要求：

其一，在诗作形式上可"不全工"，不能"镂金组绣"。方回在这首诗里提出一个很特殊的论调，即诗歌的"元来妙处不全工"，并且批判"镂金组绣同时客"。《读张功父南湖集》诗序最后说："然南渡以来，精于四六而显者，诗辄凝滞不足观，骈语横于胸中，无活法故也。然则绍圣词科误天下士多矣。"②可见这个观点是有现实针对性的，他反对骈俪陈词，而在已失去艺术生命力的骈俪陈习中求变。从中也可见方回提出"活法"也是有现实针对性的，主要就是针对"骈"俪语而来的。《读张功父南湖集》序"初学晚生不深于诗而骤读之，则不见奥妙，不知隽永，乃独喜许丁卯体，作偶俪妩媚态。予平生不然之，而江湖友朋未易以口舌争也"③也表达了他对时流之"作偶俪妩媚之态"的批判，不满于"丁卯体"之矫揉造作。

---

① ② ③ 方回撰：《桐江续集》卷8，文渊阁《四库全书》本。

其二，以诗人才情"豪才"为"活法"。方回认为，"活法"的一个途径，或者说一个含义，就是直接针对诗歌词句的"不全工"。而"不全工"本身也是"豪才"诗作不可避免的一种结果，可以说是"豪才"的一种必然结果。因为"豪才"之诗重在以"豪才"来驱词驭字，而不会屈其"才"情来适字句，诗人们不刻意求工，因而也不可能全工。而往往正是在这些"不全工"的地方，会体现诗人的别种才思或驾驭语言的手法。所以"不全工"处正是"豪才"的一种体现，而"豪才"又表现在"活法"上。"活法"与"豪才"在为诗中本是对立的两个方面，"活法"重在诗作的字句形式上，"豪才"重在诗歌的情思精神上，前者仍受字句形式的约束，后者则是作者意志的自由抒写。而在这里，它们又是相通的，有"豪才"者能"活法"，而能"活法"者乃是有"豪才"者，"豪"与"活"在某个意义上可以互释。在方回看来，它们统一于诗歌"不全工"的形式上，即"妙处"。

其三，"活法"与杜甫诗法相通。方回在《读张功父南湖集》题目下的序中说明了这点："诗至于老杜而集大成。陈子昂、沈佺期、宋之问律体沿而下之，丽之极莫如玉溪，以至西昆；工之极莫如唐季，以至九僧。三百五篇有丽者，有工者，初非有意于丽与工也，风赋比兴，情缘事起云耳。而丽之极工之极，非所以言诗也。"① 方回举出杜甫律诗中工丽的句子，认为后人学杜甫之工，是未能得杜诗之法，而黄庭坚、陈与义学杜诗中那些不全工的诗句，则得杜法之精髓，是活法学杜。他在《读张功父南湖集》序中说杜甫："此等诗不丽不工，瘦硬枯劲，一斡万钧，惟

---

① 方回撰：《桐江续集》卷 8，文渊阁《四库全书》本。

山谷后山简斋得此活法,又各以其数万卷之心胸气力,鼓舞跳荡。"①可见方回认为的"活法"在杜甫那里就是"不丽不工,瘦硬枯劲,一斡万钧",后人应学习杜甫这种诗法,而不只是说变前人或杜甫之句,才是"活法"。方回所言的"活法",在某种意义上就是杜诗之法,是杜法。

其四,活法需有杜甫那样的"心胸气力"。关于"活法"与"豪才"统一于"不全工"的"妙处",在《西斋秋感》小序中也阐述得很清楚。上引方回言杜甫"此等诗不丽不工","各以其数万卷之心胸气力,鼓舞跳荡"即是言"豪才"。而方回所论的"豪才"还是杜甫式的"读书破万卷"的"豪才",是一种"心胸气力",即诗人宽广的胸襟抱负、强大的精神意志以及笔力,呈现出"鼓舞跳荡"之势。而不是像李白那样重个体精神的自由飘逸,或像陶渊明那样的隐逸之"才"。而《西斋秋感》诗中说"豪才类放翁",诗序中又说"放翁之豪荡丰腴"。"丰腴"常指情辞而言。所以方回所论的"豪才"实际是杜甫之才,是杜才,同时有陆游的"豪荡丰腴",即在才力灌注之下表现出的阔大境界、充沛丰腴的情思、跳荡的笔势,以及词富意丰和诗作数量之多。"活法"与"豪才"的结合,具体化则是将杜诗之法与杜甫之才志相结合,这样才能得诗之"奥妙",做出像陆游那样"丰腴"的诗作。

综上,可以总结方回"活法"论的内涵:活法与豪才相通,而不是刻意地雕镂词句和矫揉造作,因而与南宋以来诗尚工丽,以四六骈语为诗的诗风诗法相背。它讲求在诗歌形

---

① 方回撰:《桐江续集》卷 8,文渊阁《四库全书》本。

165

式上模拟和变通,同时近于杜诗之法,具有奥妙隽永的艺术效果。

四、诗歌形式与内容的统一:方回"朴"的诗学理想

方回的论诗诗中多言"朴",这是他追求的诗学理想,其实是要求诗歌形式与内容同意。方回尚"朴",尚"天趣",而"朴"就是"天趣",是诗歌自然的趣味,也是诗歌的"骨",在写作中通过写"肺腑"之语,而自然流"露"诗人的"情愫"。他反对仅仅注重诗歌的外在形式,着眼于字词句这样的小节,反对"雕丽句","纂组"。他认为"雕丽""纂组"的是让诗歌形式"工"整而有美感,"雕""纂组"使诗歌"工"整,"工"而后能"丽"。而这是刻意的,不是自然"情愫"的"肺腑"流露,违背了"天趣",因而只是"画肉不画骨",会像沈佺期、宋之问那样,不能取得很高成就。《秋晚杂书》中的一首写得很明白,诗云:

> 人言太白豪,其诗丽以富。乐府信皆尔,一扫梁隋腐。
> 余编细读之,要自有朴处。最于赠答篇,肺腑露情愫。何至
> 昌谷生,一一雕丽句。亦焉用玉溪,纂组失天趣。沈宋非不
> 工,子建独高步。画肉不画骨,乃以帝闲故。

从中可以看出方回对于"朴"的定义。其一,"朴"不讲求刻意的诗歌艺术形式,因而有异于"富""丽"。六朝诗过分注重辞句小节上的纤巧细美,雕绘之气胜。这种专注于形式的雕绘诗风代相沿袭,形成了一种陈"腐"老套的程式而失去文学本应有的厚重生命。李白以盛大的华美来给诗歌注入一种"豪"气,

166

其乐府诗"一扫梁隋"以来的陈"腐"雕丽。然而富丽也是讲求形式美,只是有小大轻重之分,语言形式的色彩浓淡不同,由此而产生的艺术内容及其文学精神也不同,因而也就有了作品价值的高低之别。然这些都是文学形式上的追求,异于"朴"的理想。

李白像

方回看到李白诗乐府富丽之外,赠答篇的情感真挚朴素,可说非常独到。

其二,"朴"讲求诗歌情感的真实饱满,即需内含"情愫"。方回认为李白乐府以外的其他诗作,特别是赠答诗有"朴"的一面,因为它们是诗人以"肺腑"之语展露他自己的"情愫"。

其三,"朴"讲求诗歌形式与情感内容统一,也即"肉""骨"结合。"雕丽""篆组"就是刻意追求词句的"工"整"工"丽。这实际上就是"画肉"还是"画骨"的问题,也就是思想内容与艺术形式的问题。方回提倡的"朴"讲求内在之"绮"而不是形式之"诡",这在《秋晚杂书》另外一首中也说到:"世称陶谢诗,陶岂谢可比。池草固未雕,阶药已颇绮。如唐号元白,白岂元可拟。

167

李白"上阳台"手迹

中有不同处,要与分朴诡。郑圃赵昌父,颍川韩仲止。二泉岂不
高,顾必四灵美。咸潮生姜门,虾蟆以为旨。未若玉山雪,空铛
煮荒荠。"①"绮"是"未雕"的进一步延伸,是其更高境界,或者
说"绮"是高级的"未雕",更具有艺术性。方回认为陶渊明朴中
有绮丽,胜过谢灵运之"未雕",元稹诗"诡"不如白居易之
"朴",姜夔所领风气以写细物为旨而乏情感,不如宋末江西
诗派的殿军人物"上饶二泉"赵蕃与韩淲"玉山雪""空铛煮荒
荠"的朴实清新境界。他看到这些并称的诗人们的细小差异,
尊江西派诗而批四灵派诗,提倡朴实、空远、阔大的诗境,要
求写真性情,不以矫作、饰外物、琢辞句以为诗。其中,"顾必
四灵美"的语气也折射出南宋至元代诗人喜好并学习四灵派
诗风的习气。

---

① 方回撰:《桐江续集》卷 2,文渊阁《四库全书》本。

168

其四，"朴"能使诗歌具有自然之美，即"天趣"。方回举例说"朴"的反面就是像李贺那样，专注于"一一雕丽句"，像李商隐那样，"篡组"辞句，而失去诗歌本身的"天趣"。"天趣"也就是诗歌自然的趣味，需要诗人"情愫"的"肺腑"流"露"，它与诗人刻意地"篡组"雕丽辞句相对立。

总之，"朴""丽""画肉""画骨"的问题，还是在于艺术形式和内容之辨上，这是方回一个重要的诗论思想或者说是评诗着眼点，即重诗歌的思想情感内容而反对没有真实情思内容的形式雕丽。

方回在诗学风格上偏好陶渊明的自然清新和抒写真性情，而又崇尚陈师道和陈与义，为江西诗派立派，提出一祖三宗说法，讲求"活法"，提倡诗学前人，然而只能"换""骨"而不能换"神"。陶渊明与江西诗，前者重自然性情，后者以追求法度形式为诗，看似矛盾，实际不然。方回认为江西诗派所讲之法乃是活法，不废诗歌的思想情感内容，只是在诗歌形式上求新求变，因而和陶渊明之诗有相通之处，因为陶诗和江西诗其实都深在地蕴含了儒家的用世情怀。方回讲求诗歌思想情感内容与语言形式结合，要求诗人抒写真性情，不能矫揉造作和虚伪地雕绘形式，这其实就是从内在到外在求真同时求变的向上诗学路数。作为一个诗论家，方回在元代以至后世都很有影响，也是因为他的诗学理念和主张既不失诗教正统风雅之旨，保证其言志抒情的精神核心，又能有所新变而不入于陈腐，这是唐诗巅峰之后宋诗新路径的总结，也确实可为宋元之后诗歌开辟新的道路，因而是积极和正确的一路。

第三节　"意到"和骚雅清新的诗评取向
——方回的《诗思》十首

　　在方回所有的论诗诗中,有一组题为《诗思》的十首五言律诗,对其诗学思想的表述是最为明确、系统和完备的,在方回所有的论诗诗中具有理论提炼和总结的地位,因而也是最重要和最具研究价值的。然今虽偶有研究者引用以为材料佐证①,却无专文对其进行具体的研究。其小序中说:"年甫弱冠而学吟诗,新春将八十矣。凡用六十年之功夫,仅至此地。俗人不识,晚进不知,自纪厥事凡十。"②由此可知这些诗是方回七十九岁时即1306年所作。从序中可以看出,这是他对自己一生学诗评诗的总结,也是他晚年诗学思想的集中表述。仔细研读可知,这是非常系统且理论内容丰富的一组论诗诗。十首诗皆为有意而作,共计四十联八十句,每首中各联的排序、联中上下句的顺序都是固定的,而每一句是一个意思的基本构成因子,每一联

---

　　① 周兴陆称"方回对陈与义诗歌的推崇,集中到一点就是'格高'",后举例"他在《诗思十首》里面说:'格高为第一,意到自无双'",见周兴陆:《中国分体文学学史·诗学卷》,山西教育出版社2013年版,第403页。另如《中国文学通史》:"'一祖三宗'说也被'四先生'(陶渊明、杜甫、李白、苏轼)和'八贤'(陶渊明、杜甫、韩愈、柳宗元、苏轼、黄庭坚、陈师道、陈与义)所代替(《诗思十首并序》)",见张炯、邓绍基、郎樱主编:《中国文学通史》杨镰主编第4卷《元代文学》,江苏文艺出版社2011年版,第137页。
　　② 方回撰:《桐江续集》卷28,文渊阁《四库全书》本。后文所引《诗思》原诗皆出此本。

表达一个基本意思,每一首表达一种诗学思想,十首最后构筑起一个完整的诗论体系,体现出方回评诗的基本思想。

《诗思》较《瀛奎律髓》(成书于元至元二十年,即1282年)晚出,但却意义重大。《诗思》主要是因评诗的问题而作,主体是方回的诗学评鉴思想,它和《瀛奎律髓》在诗学思想和批评理念上相通且互为印证。如学界周知的方回关于江西诗派一祖三宗的提法,原出《瀛奎律髓》中方回评陈与义《清明》时所言:"呜呼!古今诗人当以老杜、山谷、后山、简斋四家为一祖三宗,余可预配飨者有数焉。"①而这在《诗思》中再次得到了印证和总结。《诗思》表达了强烈的崇杜思想,以杜甫为第一,并将黄庭坚、陈师道、陈与义列入诗中"八贤",对他们十分推崇,且四人在八贤中的排序都未变,这未尝不可以说是其一祖三宗思想的延伸和发展。另外,作为方回晚年对自己诗学评鉴思想的集中表述,这组诗对于《瀛奎律髓》在具体诗歌评鉴中呈现出的观念有着总结和升华的意义。可以说,在某种程度上,《诗思》中的诗学思想是方回论诗评诗和编选《瀛奎律髓》时潜在的思想参照,从中可窥见方回诗学评鉴的标准和整体取向,实有必要深入探究。

一、《诗思》十首中的理论体系和形式整体

方回这十首论诗诗虽题为《诗思》,却非零碎的偶思偶感。小序中也表明这是对其"六十年之功夫"的总结,并以诗的形

----

① 方回选评,李庆甲集评校点:《瀛奎律髓汇评》中册卷26,上海古籍出版社1986年版,第1149页。

式传世,希望有益"晚进"。第二首诗中直言"老子持公论,评诗众勿惊",也明确地表示他的有意论诗。

十首诗前后承接,构架严密,整体构成了一个简要的诗论体系。这十首诗及其题下小序罗列如下:

年甫弱冠而学吟诗,新春将八十矣。凡用六十年之功夫,仅至此地。俗人不识,晚进不知,自纪厥事凡十。

大雅嗟麟笔,离骚叹凤弦。猗那谁与敌,羌塞尚堪传。步仰曹刘独,名歆李杜专。无时吾不梦,携酒访斜川。

老子持公论,评诗众勿惊。更无双子美,止有一渊明。响接东坡和,肩随太白名。吾尝图画像,释菜四先生。

万古陶兼杜,谁堪配飨之?赦还儋耳海,谪死瘴城宜。无己玉堂冻,去非榕岭驰。更添韩与柳,欲筑八贤祠。

满眼诗无数,斯须忽失之。精深元要熟,玄妙不因思。默契如神助,冥搜有鬼知。平生天相我,得句匪人为。

素甚鄙南岳,幸尝忝雪窗。格高为第一,意到自无双。倏忽千军阵,雍容九鼎扛。僧敲作手势,吾可贾长江。

杨刘昆体变,谁实擅元功。万古推梅老,三辰仰醉翁。穆修先汉笔,魏野盛唐风。今日何人悟,江湖恸阮穷。

俗子欺诗客,诗成未易工。虚声难忝窃,生理早穷空。谣诼无庸听,谆谵尔未通。阮公青白眼,留取送飞鸿。

忝窃严陵郡,依稀陆放翁。作诗逾万首,浪仕只千穷。醉卧三更后,闲吟两纪中。时时落幽梦,渔笛鉴湖东。

苕溪渔隐老,家在绩溪东。苦学多前辈,评诗出此翁。生年同孔氏,传道仰文公。烂却沙头月,谁参到此中。

蛇起新州获,温玄业不成。已无司马氏,犹有石头城。北伐中原捷,南归大物更。菊花篱下酒,万古一渊明。

根据每首诗的内容,可理出其中的诗学理论。诗序阐明《诗思》十首的价值,是方回专记其一生学诗所得。第一首图画出诗史源流:雅、骚、曹、刘、李、杜、陶。第二、三首是对诗史中个别诗人诗作的高下排序,提出诗中"四先生"、诗中"八贤"。第四首是阅读创作论,提倡由"熟读"至灵感创作。第五首是创作思维论和作品高下论,提倡"意到"则"格高"。第六、七首是关于诗学批判,提出诗学正变论,批判宋诗弊;又提出诗学接受论,并批判元代诗弊。第八、九首表达了方回的赏同,在创作上以陆游自况,在诗评上自比胡仔。第十首则涉及诗学中的时代背景及影响问题,并总结自己处于乱世的诗酒人生和心态。从中可以看出,方回以排列诸家诗人来梳理诗史,并拈出诗史中的"四先生""八贤",其实也是对诗人诗作的评价。十首论诗诗依次是关于诗史、诗评、阅读、创作、批判、接受、创作举例、诗评举例、时代影响,涉及到诗学的许多方面,作为一个以组诗形式来涵盖的诗论体系,已经较为完整和严密。

十首诗在语意承接和用词形式上环环紧扣。由述诗歌源流,列举众家,进入到第二首评选成就最高的四家诗人,将四先生的提法加以充实,提出八贤说。再从评诗提出怎样的灵感创作才能做出好诗的问题,并引出关于宋初诗弊的变救和对时风的批判问题。接着以陆游比况自己、由胡仔评诗来比况自己的评诗,最后总结自己一生经历宋元易代的诗酒心态。其中,一首诗的开始意思往往承接,或者由上一首尾联的句意引起。如第一首"访斜川"之后,第二首便说"止有一渊明";在说了"更无双子美,只有一渊明"之后,第三首又言"万古陶兼杜";在"欲筑八贤祠"之后,马上又生发到第四首的"满眼诗无数";在"平生天相我,得句非人为"之后,又在第五首自美"幸尝忝雪窗";在批了"吾可贾长江"之后,又在第六首批"杨刘昆体";在自叹"江湖恸阮穷"之后,又于第七首斥"俗子期诗客";在以"阮公青白眼"之后,又在第八首用"忝窃严陵郡"言及另一隐士;在"渔笛鉴湖东"的闲适写照后,又在第九首引出另一闲逸者"苕溪渔隐老"。

在用词上,我们也可以看到方回不自觉的"诗思"轨迹。诗中用词较多相同或相似,语意亦有相似或者重复,虽从诗歌艺术的角度来看不够精炼,然从诗论的角度则可见其理论的严密,同时也说明了这十首诗是作于一时。如第五首言"幸尝忝雪窗",第七首则言"虚声难忝窃",第八首又言"忝窃严陵郡","忝窃"一词频繁使用;"万古推梅老""万古一渊明"也都用"万古";关于"陶""杜""渊明"等接续重复出现;"携酒访斜川"和"万古一渊明"则同是表达对陶渊明的崇尚。

另外,方回的《诗思》十首还有四个形式方面的特点。一是观点表达直接。"四先生""八贤""精深""格高""意到"的提法以及"魏野盛唐风""评诗出此翁"等论断都很直接。二是议论与形象比喻相结合。如以"千军阵""九鼎抗"比喻"意到"时的创作。三是多用事典指代,如以"阮元"自比,以"司马氏""石头城"比南宋亡国。四是用夸张的语辞来表达自己的观点看法,如"万古一渊明""更无双子美"等。

十首诗虽然囊括了从诗史到创作和鉴赏接受等诸多方

面,但其中处处涉及高下之鉴和褒贬区分,并贯穿着方回的诗评标准,它们整体还是立足于诗评的基础,以评为主。前三首是方回对诗史的勾勒,梳理出诗史上他所赏同的诗人,其实也是其鉴赏评论的一部分。第四、五首是关于阅读和创作心理的探讨,最后又关涉到对晚唐诗流于形式的批判,而由此引入具体的诗学批评。第六、七首即是对一些流派和诗风的批判,而第八、九首则是对一些诗人和诗论家的赏赞。

二、重骚雅清新的整体诗评取向

1.重骚雅清新而次才名:关于诗史图景及"四先生""八贤"论

方回推崇《大雅》《离骚》,爱赏曹植、刘桢、陶渊明、杜甫、李白、苏轼、陈师道、陈与义、韩愈、柳宗元、陆游等人。《诗思》第一首从先秦开始罗列了他所喜爱的诗人,也为我们描画出方回心目中的诗史历程,即开始于骚雅"猗那"而"羌蹇"的"嗟麟""叹凤",开教于曹刘风骨,成就于李杜,而这样的正统诗史脉络之外又有陶渊明独辟悠闲自然一境。《诗思》第二首以杜、陶、苏、李为诗中"四先生"。第三首以陶、杜、苏、李、陈师道、陈与义、韩愈、柳宗元为诗中"八贤"。第八首则十分推赏陆游。

方回首先推尊骚雅正统。他于《诗经》崇《大雅》,于屈原作品崇《离骚》,主要是因为其"嗟麟""叹凤"的诗歌内容和笔法。他认为作为诗歌源起的诗骚正统开始于"嗟麟""叹凤"之笔,其中既有关乎社会和道德的言志性,也有关乎个人的深沉真切的缘情性。颔联谓《大雅》的盛大美好无与伦比,而《离骚》的羌蹇失志让人怜爱。他以"嗟麟"之"猗那","叹凤"之"羌

元 黄公望《九峰雪霁图》

蹇"来概括诗歌的骚雅传统，其中透露出他所认为的中国诗歌艺术起源的两大特点，一是美，一是悲。骚雅传统即是悲美的传统，而方回同时将美赞定位于"谁与敌"的高度，将叹悲定位于"尚堪传"的层次，还是表露了他对于诗歌传统的先雅后骚、先嗟后叹、先美后悲的正统体认。第三首的"八贤"图中，所增加的诗人陈师道、陈与义、韩愈、柳宗元，也都以有益于反映社会现实和进行诗教的骚雅正统为诗。这里，方回对骚雅诗风的理解与今所谓骚雅传统并不完全相同。除了现实主义风格外，他更着眼于其审美性和情感性，所以没有严格的"乐而不淫，哀而不伤"(语出《论语·八佾》)的平和节制，而是在言志的同时加进了浓厚的缘情因素。

方回虽以骚雅和道统为主，但也尚自然清新，晚年更加突出。贾文昭有专论方回"清新"之文，说："在方回笔下，'清'与'新'不仅是评议诗歌时使用频率最高的批评标准，而且在理论上得到了多侧面的阐发。"[①]《诗思》第一首在骚雅源起之后，推尊曹植、刘桢和李白、杜甫,然于陶渊明则有特殊的崇赏。在"嗟麟""叹凤""步仰""名歆"的诗史盛典中,方回却最爱诗酒隐逸的悠闲自得之境,陶渊明的诗酒人生才是方回真正的理想。关于此,可参考周静《论方回的崇陶与学陶》一文。②李成文认为:"方回建构了以一祖三宗为主干、上溯《诗经》风雅传统并与汉魏晋南北朝相接的诗统论,并从其所建构的道统论中汲取了建构诗统论的方法。它的哲学基础是文以载道。"③陈博涵《方回诗学思想与晚年趣味》说:"方回诗学趣味的转移,受益于理学思想的沾溉,其晚年推重诗歌自然天成之美,体现出折中'格'与'韵'的努力,并以此重新确立新的诗歌风尚。"④这里,"格"又主于相对于清新之风的道统文学风尚。有学者认为:"方回论诗,并不偏执,总是兼及两端,希望在两端折中互济中求变求新,为诗歌发展寻求新的出路",因而具有"通达唐宋的诗学眼光",并且"张扬盛唐诗之气象与人格精神"。⑤查洪德教授说方回"倡'真'而黜'俗'",⑥可以作为两种趣尚融合的表述。其实,方回喜欢自然清新诗风,喜爱陶渊明,是跟他

---

① 贾文昭:《关于"清新"——读方回诗论札记之一》,《文艺理论研究》1998 年第 6 期,第 92 页。

② 周静:《论方回的崇陶与学陶》,《求索》2008 年第 3 期。

③ 李成文:《方回的诗统论》,《四川大学学报》(哲学社会科学版)2006 年第 2 期,第 110 页。

④ 陈博涵:《方回诗学思想与晚年趣味》,《北方论丛》2013 年第 5 期,第 21 页。

⑤ 查洪德、罗海燕:《从〈瀛奎律髓〉看方回的唐诗观》,《江西财经大学学报》2010 年第 6 期,第 73—75 页。

⑥ 查洪德:《方回的诗人修养论》,《中国人民大学学报》1994 年第 5 期,第 95 页。

自己的人生经历和生活处境相关的。《诗思》第十首很明显地解释了他爱陶的原因。由宋入元，他对元朝不满，不敢言更不敢对抗。在这首诗中他也只能通过罗列历史典故来隐含表露自己的故国之思和对蒙元王朝的不满。用"蛇起""荻"来比喻北方少数民族，已经隐含了对金元王朝统治的不满情绪。元朝灭宋，时移世换，方回承受变节的压力，只能以诗酒心态来对待。这种心态随着入元和年老更加浓烈，为公的骚雅正统和社会正义终被个体的存在需求所消磨，诗学也走向清新自适。

方回从关注社会政局转向诗文，他羡慕严子陵的隐逸情调，钦佩陆游的丰富创作。《诗思》第八首有以严子陵和陆游比况自己的意思。方回宋景定时为进士，知严州，降元后授建德路总管，罢官后还是往来杭歙间，因而以出于浙江的陆游和严子陵自比。诗中谦言自己愧居隐士严子陵之地，而生平遭际依稀似如陆游。言陆游"作诗"很多，而"浪仕"各地，晚年还是退居家乡，醉卧三更，抒写宋金之愤，鉴湖渔笛而幽梦时落，这就好比方回自己一样，是方回以陆游自况，但心态与陆游的爱国激愤不同，他在宋元换代的大背景下，最终归于一种隐逸的闲适心境，因而是"闲吟两纪中"的心态。

方回重骚雅和自然清新而次才名，因而《诗思》重陶渊明、杜甫而次李白、苏轼。他循言志缘情的诗学精神，重诗人情感的深挚而次才学。《诗思》第二首罗列诗中"四先生"，展露了其先杜、陶而次苏、李的诗学趣尚。方回认为杜甫和陶渊明是独一无二的，苏东坡的和气乃是接响陶渊明，李白只是诗名与杜甫比肩。从他对四人的排序和评价上看，方回最喜欢的，从为公的骚雅正统来说是杜甫，从为私的诗酒自然而言则是陶渊明,而对李白、苏东坡的豪逸才气和声名则略次之。这种论调对于众论的尊李白苏轼而次杜甫陶渊明确算"惊"人的论调。然而它又是紧扣第一首言"骚雅",言"李杜"名和"访斜川"而来,只是增加了一个苏轼,是对他心目中诗史图景中成就最高四位诗人的排序,表现了他更倾向骚雅正统和自然风格而次高才逸情的个人偏向。这种尊陶与杜的思想紧接着又在第三首首联明确地表述出来,其言"万古陶兼杜,谁堪配飨之",也是对"更无双子美,止有一渊明"的再次重申。在他所勾勒的"八贤"排名次序中也能反映出他的这种诗评取向。"八贤"在诗中的排序大致按照时间先后,但又不完全按时间排列。而结合第二首诗"更无双子美……肩随太白名",则发现方回总是将杜甫陶渊明并列,将苏轼李白并称,而对南宋则只拈出二陈,最后为合"八贤"之数,又回到唐代标出韩愈柳宗元,这也可见他更以诗歌的骚雅正统和自然清新来品评诗人,而非诗人的才名。虽然他在一联之内所述的两位诗人顺序可能因平仄押韵的需要而被颠倒,然人物两两并举,四联的先后还是将其大致序列和方回的好尚轻重展露无遗。另外,"四先生"与"八贤"的提法又有比况"文章四大家"和"唐宋八大家"的意味。

2.方回在诗评上宗法胡仔

方回之前,已有多位评诗大家,方回也是继承前人而来,他所学习的主要是胡仔。《诗思》第九首说:"苕溪渔隐老……谁参到此中"。意谓虽然苦学而成的前辈诗人和评诗家很多,而独有胡仔评诗水平最高。作为评诗家,方回的评诗也跟胡仔有很多相似之处。

其一,《苕溪渔隐丛话》突破前人评诗以"品"分类的体例,而以"大家、名家"为纲编纂,方回编纂《瀛奎律髓》也罗列大家、名家。他在《诗思》前三首并称"骚雅""曹刘""李杜",提出诗中"四先生""八贤"的说法,也是他以诗人为纲来评诗的证明。这样的评诗法在反映诗歌发展史的同时,给诗人以历史定位,所以说他勾画了自己心中的诗歌发展史,同时表达了自己的好恶趣尚。

其二,胡仔《苕溪渔隐丛话》主要勾勒北宋诗歌发展史,简明而形象,方回《瀛奎律髓》则罗列从唐到宋的诗人,宋代较多,注重北宋诗史发展的正变弊救。他在《诗思》第六首专门论宋初诗弊,同时简明地勾画了宋初诗史,这一点上也同于胡仔。

其三,《苕溪渔隐丛话》在诗史观上"宗唐祧宋",在肯定宋诗历史地位的同时,又能认识到其创作得失,方回也"宗唐祧宋"。他推尊唐代杜甫,在《瀛奎律髓》中选入大量杜诗,评诗也以杜法为参照。而《诗思》第三首的"八贤"提法中,唐代有四人,而于宋代则拈出苏轼、陈师道、陈与义三人。除开苏轼的天才为诗之外,方回认为二陈是江西诗派,也是学唐代杜甫的。

其四,胡仔重视北宋四大家,推尊苏轼、黄庭坚等元祐诗人,重视杜甫对宋诗的巨大影响。而方回则在胡仔的诗论基础上,直接提出江西诗派的"一祖三宗"说,把杜甫、黄庭坚、陈师道、陈与义称为江西诗派的一祖三宗。

三、"格高""意到"和反求工的鉴赏标准

1.文学积累和创作灵感:"格高"之诗的"意到"标准

方回认为,在灵感基础上意到而成的作品才是好诗。他强

180

调学诗的积累过程，认为学诗路径需由熟读精深而至灵感创作。《诗思》第四首"满眼诗无数，斯须忽失之"，明确表达其编写《瀛奎律髓》时面对浩瀚诗卷不免忽得忽失的阅读心理。"精深元要熟，玄妙不因思"则又概括了阅读和创作的核心道理，即首先要读"熟"，才能对诗文领略"精深"；创作"不因"苦"思"，而是在阅读"精深""熟"通的基础上，通过自然灵感，"玄妙"而出。"默契如神助，冥搜有鬼知"，写出创作"玄妙"的具体内容，即如有"神助"般地与前人诗句诗思相"默契"，或者词句自与心灵相"契"，而在冥冥的静思搜索词句的过程似"有鬼知"，自然而得。这同《文心雕龙》中所讲的"神思"是一致的。《神思》："文之思也，其神远矣。故寂然凝虑，思接千载；悄焉动容，视通万里；吟咏之间，吐纳珠玉之声；眉睫之前，卷舒风云之色；其思理之致乎？"①此处方回所言与《神思》所论是同一思维状态，只是刘勰是在想象的基础上，方回所论则是在阅读回忆的基础上产生的。尾联"平生天相我，得句非人为"，再次强调这种创作状态如有"天相"，自然"得句"，而"非人为"。方回所说乃是摒弃刻意，强调在阅读大量诗作的基础上渐渐濡染而得。

方回认为好诗需在熟读的基础上由"意到"而至，即作者的情绪和思想达到了创作的高点才能有好诗。他反对刻意"推敲"，并且认为唯有"意到"才能有"格高"之作。从对熟读和意到的要求，可以看出方回对于创作好诗的要求是循序渐进，自然而然，要作者的文学素养和情绪积累都达到一定的程度，他

---

① 周振甫:《文心雕龙今译》,中华书局 1986 年版,第 246 页。

反对刻意和矫揉造作。这其实也是一种文学求真反伪的精神。《诗思》第五首就是关于好诗标准的说明。从中也能看出方回对阔壮诗境,诗歌的力度美、壮美和创作中才力从容的赞赏,以及对刻意推敲、纤绘为诗风尚的厌弃,其诗曰:"格高为第一,意到自无双",即格高为意到,意到自格高。方回的"格高"论主要是针对创作中的"意到"而言,而不是主于"风格"。《瀛奎律髓》卷42说作诗应"以意为脉,以格为骨,以字为眼,则尽之"①。这里的"格"也是讲创作中的问题,是在"意"到前提下有力度的高级创作。关于方回诗论中的"格高"问题,并未有确定的解释。在90年代已有李仲祥探讨过方回"格高"的问题,将其与"圆熟"并举,并认为"格高""在方回,在哪些地方使用何种意义,并未作分别"②。方回在这首诗里将其与"意到"并举,则又有创作心理上的意义。而有学者也将"格"理解为"崇高的人格与瘦硬的风格"③。然从《诗思》这首诗来看,方回自己已将他说的"格高"问题解释得很清楚了,"格高"即指"意到"。《诗思》整体上具有理论上的严密性,这一联中的"格高""意到"不仅仅是出于诗歌对偶的要求,更不是方回无心的偶对,因而"意到"可用来解释"格高"的内涵。

何为"意到"? 颈联"倏忽千军阵,雍容九鼎抗",说的就是

---

① 方回选评,李庆甲集评校点:《瀛奎律髓汇评》下册卷42,上海古籍出版社1986年版,第1512页。

② 李仲祥:《方回论"格高"与"圆熟"》,《殷都学刊》1998年第3期,第48页。

③ 王德明:《方回的 "格" 论及其对晚宋诗风的批判》,《广西师范大学学报》(哲学社会科学版)2000年第1期,第28页。

霎时间文思泉涌、意象云凑、文辞流奔,如同"倏忽"而见"千军阵",而诗人能够驾驭群象群言,下笔雍容不迫,如抗"九鼎"而面不改色。方回用比喻将这种创作境界形象地描述出来,这其实就是在具有一定文学素养和写作能力基础上的灵感创作。与以"意到"为诗相反的典型例子,就是贾岛那样的推敲作诗,这为方回所反对。第五首尾联"僧敲作手势,吾可贾长江",以批判的语气言到,若琢磨推敲之字都可算写诗,那么我也可以是贾岛了。这里也隐含地反映了后人诗学贾岛的陋习,如宋初形成晚唐体,元代文人也习晚唐体的现象,方回在此对其进行了批评。而在选取比喻意象时用"千军阵"、抗"九鼎",又显露了方回尚阔大和力度的壮美趣尚,这也是受元人豪壮风气的影响,而与晚唐以来以推敲雕绘为尚、崇尚纤巧的风尚不同。

2.批评求工诗弊:关于宋代西昆体和元诗中的模拟求工

在赏同之外,方回对诗歌的批评主要针对西昆体、晚唐体、江湖派等刻意求工的诗风。他批判了宋初"昆体"尚绮靡的弊端,并提出救弊和变风的经过,认为昆体之变,穆修、魏野已始,梅尧臣、欧阳修实为主力。认为元人尚不悟其弊,仍效昆体和江湖派余习。《诗思》第六首言:"杨刘昆体变,谁实擅元功。万古推梅老,三辰仰醉翁。"紧承第五首尾联"僧敲手作势,吾可贾长江"对宋初晚唐体的批判,接着批判西昆体。对于昆体之变功在于谁,方回认为梅尧臣、欧阳修是真正变其风气的主力,并将其追溯至穆修和魏野:"穆修先汉笔,魏野盛唐风",认为宋初穆修的古文具有先汉风骨,而魏野的诗歌在学贾岛姚合之外有盛唐之风,这些都是最初矫正西昆体的因素。他又推流而至元代："今日何人悟，江湖恻阮穷"，感叹元代文人的不悟。这里，方回以追溯宋初诗弊及其变救过程，以反观并批判元代诗弊，以观宋诗如何走入正道来思考元诗如何走向正途。

方回于元代诗弊的批判尤甚，他主要是批判元人对诗歌"工"巧的一味追尚，认为不论是江湖派、西昆体还是晚唐体，在诗艺形式上都追求工整细巧。《诗思》第七首"俗子欺诗客……留取送飞鸿"，其中的"俗子"即指一些作诗求工而"未易工"的元代诗人。方回自己的诗学观不仅不被大众理解，反被大众尚"工"巧的诗风所批弃，而他坚持高远的诗学思想，对众人懒以理会。此诗的内容和手法，以及在论诗诗中的地位作用，同于杜甫《戏为六绝句》中一首："杨王卢骆当时体，轻薄为文哂未休。尔曹身与名俱灭，不废江河万古流。"[①]

总之，《诗思》十首反映了方回的诗学思想。首先，他崇尚杜甫的写实和陶渊明的闲逸诗风，而略次李白、苏轼的天才为诗，批判晚唐体、西昆体的纤丽求工诗风。其次，他讲"熟"读"精深"，认为好诗应由"意到"至"格高"。第三，《诗思》的整体论诗基调还是"评"，而非直接阐述诗学理论。其中评诗人诗作的高低好坏，诗论的高低，创作的优劣，诗学观的对错。方回更是一个诗评家而不是一个诗学理论家，他更善评鉴而不是对诗学理论的架构阐释，这也是中国诗学以评为主的传统使然。

除了诗学思想外，《诗思》也流露了方回自己的思想情感，主要是感叹世乱，向往诗酒隐逸生活，对诗学观念和政事上缺

---

① 杜甫著，仇兆鳌注：《杜诗详注》卷 11，中华书局 1979 年版，第 899 页。

乏知音的愤懑。"蛇起新州荻,温玄业不成",与第一首开头"大雅嗟麟笔,离骚叹凤弦"的嗟时伤世内涵相应。最后一首尾联"菊花篱下酒,万古一渊明"的自况回扣了第一首尾联"无时吾不梦,携酒访斜川"的理想。嗟世和隐逸心理反映在他的诗学思想中,则是在高度崇尚诗骚传统和杜甫反映社会现实诗法的同时,又偏好陶渊明的隐逸闲适之风。而他说"今日何人悟,江湖怆阮穷","阮公青白眼,留取送飞鸿",自比阮籍,表明他心中也有深隐的思想和无奈,包括民族社会的,也包括诗学的。诗学上不为人认同,而诗文之外,方回对于自己人生经历中降元亏节之事亦有介怀。他在《次韵仇仁近有怀见寄》中说:"身历干戈百战尘,休官仍似布衣贫。每看事有难行处,未见心无不愧人。"①又说:"七十翁非浪走时,夜窗自恨赋归迟。睡稀枕上无春梦,吟苦楼前有月知。"②(《追用徐廉使参政子方申屠侍御致远张御使鹏飞元日倡酬韵》)这些都构成了方回作诗和评诗的情感基础。

---

① 方回:《桐江续集》卷 16,文渊阁《四库全书》本。
② 顾嗣立编:《元诗选》初集,中华书局 1987 年版,第 212 页。

主于性情求真的大元文学精神

　　作为"元代文学"而非"元曲"，日渐走进研究视阈的这一断代文学，它的研究价值成立，必然不只是在于它与"唐代文学""宋代文学"等并立的朝代断限性。唐代文学有唐代文学的整体风貌，而这个整体一致的唐代风貌背后，有其标志及使其成立的唐代文学的那个基本特征，或者说"唐代性"，而非他者，但这个唐代性并不是历史意义上的"唐代"性，而应是影响文学本质的核心因素。而我们所说的唐代文学、宋代文学、元代文学，也不是简单的硬性的历史时间框范下的一个文学集合，而是，一个具有某种特殊共性的文学整体。这个文学共性，我们姑且将其称为"唐代性"，或者"元代性"。

　　近年来，对于元代文学的研究越来越充分，越来越关注到各种文体，关注到其整体，而非元曲这一个文学体裁。元代文学的研究成立，如 2014 年元代文学学会（筹）所标识的那样，必然走向一个独立的与唐、宋并立的自性的、完备的研究体系。那么这就亟须我们对"元代文学"这个整体性的研究域，作一个大致定性的、整体的性质界定，即，何为"元代文学"？元代文学的"元代性"是什么？或者说，标识"元代文学"这个整体的核心的特点是什么？也即，使元代文学能成为元代文学，而非唐代文学、宋代文学的区别性，独特特性是什么？

当然，这是一个十分宏观的视阈下提出的一个宏观的问题，它将元代文学整体放置于中国古代文学史这个大背景下，提出了一个比较文学性的，用以区别和定性的问题。当然，这个宏观问题的解答却需要最精炼与最核心的理论提炼，才能用以拢括元代文学这个庞大的文学整体，才能用以明确其共同性。所以，这个宏观问题的解答需要宏观视野下的极微观细致的核心提炼，这又必然要深入到微观，和最基本、基础的理论核心。它需要具体涉及代表性作家作品的文学论证，又需要极其深入的理论分析。

本书即尝试做这样一个工作，来解答元代文学的整体"元代性"是什么的问题。在解答这个问题的同时，也就从整体上将元代文学的特性作了一个大致的阐述和描述。同时，本书以具有代表性作家作品为例证，来具体分析论证和梳理，因而是建立在实证的元代文学具体分析之上，而避免了架空的理论缺陷。本书认为，作为一个社会历史整体的断代文学集合，元代文学的标志性特色在于其民族性，这是区别于其他任何朝代，又决定了元代文学整体风貌的最核心的深层因素。当然，清代也是异族入主的社会，但清代文化的民族性却远没有元代那样凸显，也没有元代多民族融合的直接纷乱景象，清代的社会整体，依然是汉文化主导下的汉族秩序统领，满族在很大程度上是被汉族同化，不存在非常突出的民族异质的东西。另外，理学，作为汉族士人强大的思想阵容形成核心，是元代文化的思想核心，主导着包括少数民族在内的元代士人的整体思想背景。可以说,在元代,汉族士人的理学仍然占据着整个文化圈以及文化精英们的话语和思想霸权。

民族性作为元代社会政治历史的核心标志,体现着少数民族的社会主导性,或者说是文学外围主导性。而理学,作为汉族文化的核心思想,则体现着元代文化的主导性,或者说是元代文学内围的内在主导性。一个社会政治的,一个文化文学的;一个少数民族的,一个汉民族的,两者构成了元代文化和文学的整体。这是标志元代文学之共通性,它之成为元代文学的"元代性"。两个核心定性特点的共同作用,拢括了元代社会从政治历史外围到文化文学内围的方方面面,因而民族性、理学,这两者联合起来,是元代文化和元代文学的核心因素。

但这两者并不是相悖的,而是具有共通性,是相融合的。这也如同,在元代,少数民族及其文化最终和汉民族及其文化能够融合一体,成为一个大元帝国一样,是同一道理。因为,少数民族所带来的民族性的精神核心,是求真、不伪、直接、大气、豪放,而理学的精神核心,亦是自然、求真、不伪、直接,这两者的核心精神在很大程度上,在求真不伪、自然直接的追求上是一致的。这种一致性,最后构成了元代文化与文学的标志性特色,也即"元代性",或者说是"元代精神",即求真不伪、自然直接。这种精神不仅可用以标志和定性元代文学,还可以用以标志和定性元代社会、历史、文化、政治、思想等方方面面。

当然,民族性、理学,这两者也有细微的差别。那就是:民族性更导向一种外向的大气豪放,如同少数民族粗犷的民族性格,而理学则更导向一种内向的自然恬淡,这与汉民族细腻内敛的儒家文化性格是相一致的。两者的核心精神都是求真不伪、自然直接,但两者的表现形态,和其具体发展走向却有所差别,这是由少数民族和汉民族不同的文化风格所决定,是一种民族性格差别性的体现,是同一精神核心上不同风格的展现。

在元代文学整体中,总有着两种风格的共同融合存在和并行不悖,甚至共同体现于一个文人的一部作品中,比如,豪放风格与清新骚雅的风格并存。元曲中不断书写直接的利益、利欲问题,而诗文中又总是呈现出自然清新风格;元诗中宗唐得古,却又有着理学的理致、理趣;文人,如庐陵文人,总在张扬个性,却又不离儒家情怀;文论中提倡法度,又

《窦娥冤》插图

讲求自然;雅文学与俗文学、诗文与元曲,两种风格、两种话语,能同时出于一个文人;诗文、曲子,在元代融合不悖,同时张大,盛放异彩。

再仔细深入探究这种看似矛盾的文学现象背后，则发现它们本来是不矛盾的，不相悖的，而是有着共同性，那就是：它们都追求性情，具体说，是在性情上求真不伪、自然直接。这是元代几乎所有文学共同的精神特征，也是为什么在元代社会中，多民族能够直接融合，没有激烈的不融合存在。因为理学主导的汉民族文化精神走向求真不伪、自然直接，这是一种思想和精神的进步，是一种文化的先进代表，而少数民族所带来的民族异质特色，也主于求真不伪、自然直接的精神核心。这两者相融合，在元代政治一统、大元盛世的时代心理催生下直接融合，走向了一种新的元代精神，那就是主于性情求真的大气象，是一种不屑伪饰的元代心态。这种心态，或者说是精神，是区别于其他朝代的。元代精神，我们可以提炼为一个"大"字，阐释为主于性情，表现为求真不伪、自然直接，外在表现为民族性、理学这两个方面的并行不悖与融合。这个"元代性"或元代精神影响了元代文学的方方面面和整体，最终形成了元代文学独特的风貌特色。不论是元曲为代表的俗文学的直白世俗书写，还是盛元文风的歌功颂德、舂容盛大，还是元代诗歌的崇尚性情、宗唐得古，还是元代文论家们的兼顾性情与法度，其实都是"大"元文学精神的具体表现，因而都被拢括于"元代文学"这个整体之下，而具有"元代"性特征。

附　录

发现元代诗学——《元代诗学通论》书评

　　王国维"一代有一代之文学"之说深入人心,其说简明地揭示了中国文学发展史的文体代胜及每一时代文学之辉煌。但它在彰显文学发展巅峰的同时,却遮蔽了文学发展的全貌。以元代论,它可能导致一种误解:元曲之外无文学。近些年来,元无文、元无诗之说一一破除,那么元代的文学批评理论呢?元代的诗学呢?自中国文学批评史学科形成以来,元代诗学似乎一直未入批评史家之眼。元代是不是真的没有诗学呢?就是在这样一个人人以为沉寂之处,查洪德先生却为读者呈现了一部56万字的巨著《元代诗学通论》。当然,这些年在没有学术的地方弄出学术、制造学术泡沫的著作太多了,《元代诗学通论》是吹出来的泡沫吗?绝对不是。该著以学风之扎实、文献功力之深厚和学术见解之独到,获得专家高度评价,入选2013年国家社科成果文库。《元代诗学通论》发掘出具有很高学术价值的元代诗学,将她呈现给读者。对于很多人来说,则无疑是元代诗学之发现。

　　元代不是曲的天下吗?元代不是"不读书有权,不识字有钱"的时代吗？由于种种原因，人们对元代的误解和偏见是很多的。为了客观说明元代诗学的成就，需要厘清这些误解和偏见。《元代诗学通论》在《绪论》中举出了一个"曲解古人文献以贬低元代文化"的例子："九儒十丐"的说法源出谢枋得《送方伯载归三山序》，这"曾是证明元代文人地位低下的铁证，也是证明元代文化不昌明的铁证"，而"细读原文，才知道文章原本是批判宋代科举制度造就了科举程文无用之士"。谢枋得在这篇文章中甚至宣示：进入元代，"文运大明，今其时矣"。

《元代诗学通论》以大量翔实的材料为我们论证了，元代是一个"文倡于下"的特殊时期，其学术文化具有自身的特点，因而需要换一副眼光去认识。元代是一个思想言论自由的时代，是一个诗风盛、论诗之风也盛的时代。如果说这样的时代诗学没有成就，那是不可思议的。查先生说："诗至南宋之末，其弊已极。宋亡入元，诗风复盛"，"在元代，写诗品诗，成了一些文人的心灵寄托"。元代诗学著作，有方回《瀛奎律髓》、杨士弘《唐音》、杨载《诗法家数》等，都具有很高的学术价值。更有价值的诗学思想，则是保存在元代文人别集中的论诗文字。元代诗论家认为，诗歌是诗人独立精神的自由表达。这是元代文人不依附于政治的独立价值观念的理论反映，这种独立的人格精神和价值观念，是异常珍贵的。

元代诗学有自己的理论体系。《元代诗学通论》以学理架构对其进行了整体的论述。从诗学外围，即元代诗人和诗论家的隐逸、游历、雅集、题画风气中，可以认识到元人的现实和精神生活空间。《元代诗学通论》在大量材料的基础上深入探讨，梳理出元代诗学独特的理论系统。以独到的理论眼光，论述了元代诗学"性情"论、"自得"论、"自然"论。元人的"自得"是一种融合了哲理境界的诗论,"自然"包括天地自然和人心自然,是人格修养德盛仁熟之境界。刘将孙、杨维桢、吴澄、虞集,及一些道学家的"性情"论,各有同异。元诗在风格上主于"清""和",即恬淡平易。元人的"师古"、"师心"论,"主唐""宗宋"论,都有着独特的价值。

"通论"的学术方法要求学者具有深厚的学术积累和敏锐的学术眼光。作为对元代诗学开拓性的研究,这部著述的观点都建立在第一手材料上,书内引用文献一千六百多条,涉及四百多部书。这都使该书宏大的理论视野和紧密有机的逻辑架构,具有了切实的学术依据和扎实的文献基础。

(查洪德:《元代诗学通论》,北京大学出版社 2014 年 3 月出版。本书评发表于《光明日报》2014 年 11 月 10 日第 15 版,收入此书中略有改动)

参考文献

一、元人文集及其他著述

陈衍辑撰，李梦生校点:《元诗纪事》，上海古籍出版社1987年版。

戴表元:《剡源文集》，文渊阁《四库全书》本。

戴表元:《剡源集附札记》，《丛书集成初编》本，中华书局1985年版。

戴表元著，李军等校:《戴表元集》，吉林文史出版社2008年版。

戴良:《九灵山房集》，《丛书集成初编》本，中华书局1985年版。

戴良著，李军等校点:《戴良集》，吉林文史出版社2009年版。

傅若金:《傅与砺诗文集》，文渊阁《四库全书》本。

方回:《桐江续集》，文渊阁《四库全书》本。

方回:《桐江集》，《续修四库全书》影印宛委别藏清抄本。

方回选评，李庆甲集评校点:《瀛奎律髓汇评》，上海古籍出版社2005年版。

194

贡奎:《云林集》,文渊阁《四库全书》本。

郭钰:《静思集》,文渊阁《四库全书》本。

顾嗣立:《元诗选》初集,中华书局 2002 年版。

顾嗣立:《元诗选》二集,中华书局 2002 年版。

胡祗遹:《紫山大全集》,文渊阁《四库全书》本。

胡祗遹著,魏崇武、周思成点校:《胡祗遹集》,吉林文史出版社 2008 年版。

郝经:《陵川集》,文渊阁《四库全书》本。

郝经:《郝文忠公陵川文集》,《北京图书馆古籍珍本丛刊》影印明正德二年李瀚刊本。

郝经撰,秦雪清点校:《郝文忠公陵川文集》,山西人民出版社 2006 年版。

黄庚:《月屋漫稿》,文渊阁《四库全书》。

揭傒斯:《诗法正宗》,《格致丛书》本。

揭傒斯:《诗法正宗》,《续修四库全书》影印清乾隆二十四年敦本堂刻《诗学指南》本。

揭傒斯著,李梦生标校:《揭傒斯全集》,上海古籍出版社 1985 年版。

李庭:《寓庵集》,《续修四库全书》本,上海古籍出版社 2002 年版。

李修生主编:《全元文》,江苏古籍出版社 1998 年版。

李俊民、杨奂、杨弘道著,魏崇武等点校:《李俊民集 杨奂集 杨弘道集》,吉林文史出版社 2010 年版。

刘因:《静修先生文集》,《丛书集成初编》本,中华书局 1985 年版。

刘秉忠:《藏春集》,文渊阁《四库全书》本。

刘秉忠:《藏春诗集》,《北京图书馆古籍珍本丛刊》影印明刻本。

刘秉忠撰,李昕太等点注:《藏春集点注》,花山文艺出版社 1993 年版。

刘祁:《归潜志》,文渊阁《四库全书》本。

刘祁:《归潜志》,《元明史料笔记丛刊》本,中华书局 1983 年版。

柳贯著,柳遵杰点校:《柳贯诗文集》,浙江古籍出版社 2004 年版。

马致远著,刘益国校注:《马致远散曲校注》,书目文献出版社 1989 年版。

欧阳玄:《圭斋文集》,文渊阁《四库全书》本。

欧阳玄著,魏崇武等点校:《欧阳玄集》,吉林文史出版社 2009 年版。

丘处机著,赵卫东辑校:《丘处机集》,齐鲁书社 2005 年版。

萨都剌:《雁门集》,上海古籍出版社 1982 年版。

苏天爵编:《元文类》,王云五主编《国学基本丛书》本,商务印书馆 1936 年版。

隋树森编:《全元散曲简编》,上海古籍出版社 1984 年版。

唐圭璋编:《全金元词》,中华书局 1979 年版。

吴澄:《吴文正集》,文渊阁《四库全书》本。

王恽:《秋涧集》,文渊阁《四库全书》本。

王恽:《秋涧先生大全文集》,《四部丛刊》影印明弘治翻元本。

王礼:《麟原文集》,文渊阁《四库全书》本。

王义山:《稼村类稿》,文渊阁《四库全书》本。

许衡:《鲁斋遗书》,文渊阁《四库全书》本。

许衡:《鲁斋遗书》,《北京图书馆古籍珍本丛刊》影印明万历二十四年刻本。

耶律楚材:《湛然居士文集》,《国学基本丛书》本,商务印书馆 1939 年版。

耶律楚材著,谢方点校:《湛然居士文集》,中华书局 1986 年版。

耶律楚材:《西游录》,中华书局 1981 年版。

元好问著,姚奠中主编:《元好问全集》,山西人民出版社 1990 年版。

袁桷:《清容居士集》,《四部丛刊》影元刊本。

虞集:《道园学古录》,文渊阁《四库全书》本。

杨维桢:《复古诗集》,文渊阁《四库全书》本。

杨维桢:《铁崖古乐府》,文渊阁《四库全书》本。

杨维桢:《东维子文集》,《四部丛刊》影印鸣野山房抄本。

杨维桢:《铁崖先生古乐府》,王云五主编《万有文库》第二集七百种,商务印书馆 1937 年版。

杨维桢著,邹志方点校:《杨维桢诗集》,浙江古籍出版社 1994 年版。

赵孟𫖯:《松雪斋集》,文渊阁《四库全书》本。

赵孟𫖯著,黄天美校:《松雪斋集》,西泠印社出版社 2010 年版。

赵孟𫖯著,任道斌编校:《赵孟𫖯文集》,上海书画出版社

2010 年版。

　　赵文:《青山集》,文渊阁《四库全书》本。

　　钟陵编:《金元词纪事会评》,黄山书社 1995 年版。

　　曾永义编:《元代文学批评资料汇编》, 台湾成文出版社
1978 年版。

二、古籍文献

　　陈鼓应译注:《庄子今注今译》,中华书局 1983 年版。

　　杜甫著,仇兆鳌注:《杜诗详注》,文渊阁《四库全书》本。

　　杜甫著,仇兆鳌注:《杜诗详注》,中华书局 1979 年版。

　　杜甫著,萧涤非选注:《杜甫诗选注》,人民文学出版社
1996 年版。

　　董潮纂:《东皋杂钞》,《丛书集成初编》本, 商务印书馆
1936 年版。

　　郭庆藩辑,王孝鱼整理:《庄子集释》,中华书局 1961 年版。

　　胡应麟:《诗薮》,中华书局 1958 年版。

　　黄宗羲著,全祖望补,陈金生等校:《宋元学案》,中华书局
1986 年版。

　　何良俊:《何氏语林》,文渊阁《四库全书》本。

　　何文焕:《历代诗话》,中华书局 1981 年版。

　　蘅塘退士选编,李森等编:《唐诗三百首精译赏析》,高等
教育出版社 2011 年版。

　　纪昀、陆锡熊、孙士毅:《钦定四库全书总目》,中华书局
1997 年版。

　　柯劭忞:《新元史》,吉林人民出版社 1995 年版。

李白著,瞿蜕园、朱金城校注:《李白集校注》,上海古籍出版社 1980 年版。

李白撰,王琦注:《李太白全集》,中华书局 1977 年版。

李东阳著,李庆立校释:《怀麓堂诗话校释》,人民文学出版社 2009 年版。

李诩撰,魏连科点校:《戒庵老人漫笔》,《元明史料笔记丛刊》本,中华书局 1982 年版。

陆游:《放翁词》,文渊阁《四库全书》本。

刘勰著,范文澜注:《文心雕龙注》,人民文学出版社 1958 年版。

刘熙载著,王气中笺注:《艺概笺注》,贵州人民出版社 1980 年版。

刘勰著,周振甫译:《文心雕龙今译》,中华书局 1986 年版。

孟珙:《蒙鞑备录》,《丛书集成初编》本,商务印书馆 1939 年版。

彭定求编:《御定全唐诗》,文渊阁《四库全书》本。

彭定求编:《全唐诗》,中华书局 1960 年版。

瞿佑:《归田诗话》,《历代诗话续编》本,中华书局 1983 年版。

孙希旦撰,沈啸寰、王星贤点校:《礼记集解》,中华书局 1989 年版。

宋濂著,罗月霞主编:《宋濂全集》,浙江古籍出版社 1999 年版。

宋濂等:《元史》,中华书局 1976 年版。

陶渊明著,逯钦立校注:《陶渊明集》,中华书局 1979

年版。

吴处厚:《青箱杂记》,文渊阁《四库全书》本。

王锦文:《礼记译解》,中华书局 2001 年版。

王士祯:《池北偶谈》,中华书局 1982 年版。

王世贞著,罗仲鼎校注:《艺苑卮言校注》,齐鲁书社 1992 年版。

王骥德著,陈多、叶长海注释:《王骥德曲律》,湖南人民出版社 1983 年版。

谢灵运、鲍照著,丁福林编选:《谢灵运 鲍照集》,凤凰出版社 2009 年版。

严羽:《沧浪诗话》,《丛书集成初编》本,中华书局 1985 年版。

杨伯峻:《论语译注》,中华书局 1980 年版。

杨伯峻译注:《孟子译注》,中华书局 1960 年版。

郑思肖:《心史》,广智书局校印丛书第一种。

赵执信、翁方纲著,陈迩冬校点:《谈龙录石洲诗话》,人民文学出版社 1981 年版。

中国戏曲研究院编:《中国古典戏曲论著集成》,中国戏剧出版社 1959 年版。

三、今人著作

褚斌杰:《元曲三百首详注》,百花洲文艺出版社 1995 年版。

陈伯海主编,查清华等编撰:《历代唐诗论评选》,河北大学出版社 2003 年版。

邓绍基主编:《元代文学史》,人民文学出版社 1991 年版。

郭绍虞、钱仲联等编:《万首论诗绝句》,人民文学出版社 1991 年版。

韩儒林主编,陈得芝著:《元朝史》,人民出版社 1986 年版。

李昌集:《中国古代散曲史》,华东师范大学出版社 1991 年版。

李修生:《元曲大辞典》,凤凰出版社 2003 年版。

吕薇芬:《全元散曲典故辞典》,湖北辞书出版社 1985 年版。

蒙思明:《元代社会阶级制度》,上海人民出版社 2006 年版。

钱锺书:《谈艺录》补订本,中华书局 1984 年版。

任中敏:《散曲丛刊》,中华书局 1931 年聚珍仿宋版印。

隋树森选编:《全元散曲简编》,上海古籍出版社 1984 年版。

陶秋英编:《宋金元文论选》,人民文学出版社 1984 年版。

王国维:《王国维文学论著三种》,商务印书馆 2001 年版。

闻一多:《闻一多全集》,湖北人民出版社 1993 年版。

文师华:《金元诗学理论研究》,新星出版社 2001 年版。

么书仪:《元代文人心态》,文化艺术出版社 1993 年版。

俞为民、孙蓉蓉:《新编元曲三百首》,江苏古籍出版社 1995 年版。

查洪德:《元代诗学通论》,北京大学出版社 2014 年版。

张晶:《辽金元诗歌史论》,吉林教育出版社 1995 年版。

章培恒、骆玉明主编:《中国文学史》，复旦大学出版社1996年版。

周振甫、冀勤:《钱锺书〈谈艺录〉读本》，中央编译出版社2013年版。

周兴陆著:《中国分体文学学史·诗学卷》，山西教育出版社2013年版。

张炯、邓绍基、郎樱主编:《中国文学通史》，江苏文艺出版社2011年版。

四、论文

陈昌云:《元后期西域诗人的江南情怀》，《北方论丛》2011年第6期。

陈博涵:《方回诗学思想与晚年趣味》，《北方论丛》2013年第5期。

龚世俊、皋于厚:《试论萨都剌的宫词与艳情诗》，《宁夏大学学报》(人文社会科学版)2005年第6期。

贾文昭:《关于"清新"——读方回诗论札记之一》，《文艺理论研究》1998年第6期。

罗斯宁:《民族大融合中的萨都剌》，《中山大学学报》(社会科学版)1993年第1期。

李仲祥:《方回论"格高"与"圆熟"》，《殷都学刊》1998年第3期。

李成文:《方回的诗统论》，《四川大学学报》(哲学社会科学版)2006年第2期。

李奎光、李良:《从〈瀛奎律髓〉看方回的许浑批评》，《中国文学研究》2009 年第 2 期。

莫砺锋：《从〈瀛奎律髓〉看方回的宋诗观》，《文艺理论研究》1995 年第 6 期。

乔光辉：《元文人心态与文学实践》，《东岳论丛》1996 年第 3 期。

孙小力：《论高启的睡欲和诗癖——兼及元代文人的隐乐思潮》，《广西师范学院学报》(哲学社会科学版)1990 年第 1 期。

汤晓方：《论元朝文化的历史地位》，《内蒙古社会科学》1985 年 5 期。

魏崇武：《"外游"与"内游"：宋元时期"文气"说略论》，《社会科学研究》2009 年第 6 期。

王德明：《方回的"格"论及其对晚宋诗风的批判》，《广西师范大学学报》(哲学社会科学版)2000 年第 1 期。

王宏林：《论方回〈瀛奎律髓〉对贾岛的独特定位》，《文艺理论研究》2011 年第 5 期。

许总：《论〈瀛奎律髓〉与江西诗派》，《学术月刊》1982 年第 6 期。

叶爱欣：《马祖常的超逸诗风与河西情结》，《民族文学研究》2005 年第 3 期。

查洪德：《耶律楚材的文学倾向》，《文学遗产》1994 年第 6 期。

查洪德：《元代诗学"自然"论》，《求是学刊》2013 年第 4 期。

查洪德：《元代诗学性情论》，《文学评论》2007 年第 2 期。

査洪德:《元代诗学"性情"论相关诸问题》,《中国文学研究》(辑刊)2013年第1期。

査洪德:《郝经的学术与文艺》,《文学遗产》1997年第6期。

査洪德、罗海燕:《从〈瀛奎律髓〉看方回的唐诗观》,《江西财经大学学报》2010年第6期。

査洪德:《方回的诗人修养论》,《中国人民大学学报》1994年第5期。

张晶:《耶律楚材诗歌别论》,《社会科学辑刊》1996年第4期。

左东岭:《元代文化与元代文学》,《郑州大学学报》(哲学社会科学版)1991第1期。

后 记

　　2012年，我到南开大学攻读博士学位，专业方向是元代文学。进入这个领域进行专业的学术研究训练，我十分激动和兴奋，脑中开始有无数个问号，何为元代文学？何为元代？何以称之为并实际成立为元代文学？是朝代历史吗？还是文学上的元代，即文学的元代性？元代文学究竟重点在元代，还是文学？是元代的文学，还是文学的元代？元代由什么构成？元代文学又由什么构成？这些构成的核心是什么？主线是什么？精神是什么？为什么要用朝代来定义元代的文学？然则，除开朝代外，又可用什么来定义？元代文学有很多特点，比如曲盛诗衰，比如俗白趋向，这些是否完全真实？若真实，是什么造成的？若不完全真实，真实又是怎样？其背后有什么原因？这些最简单、最基础、毋庸置疑的问题，反倒让我不断思考和追索。我还是用了一种最老实的思路：由历史时间划定的元代文学集合体去反观这一文学集合的精神主脉，再去找寻用以定性、用以为标志、用以区别其他文学集合体的它的元代性，以此理解文学的元代文学。

　　我从《四库全书》《四部丛刊》等大型丛书里，找到元代文人的别集、总集、诗文评等,直接对比着看其目录,广泛地阅读具体的作品,并对比着阅读不同地方、不同时期文人的诗文作品,同一文人不同的文学体裁,同一文学体裁的不同地方文人的作品。我一边又搜集元代文学相关的研究著作来看,也是先看其目录,再看其每章节的核心论点,看这些研究著作都在关注什么,用什么视角去关注的,也一边想他们为什么要关注这些问题,为什么用这些视角而不是其他,其他又有怎样的视角、关注点,比如与其相反的、相对应的、相关的、无关的,哪些是普遍的,哪些是个别的。这样大致有了些印象。

元代的文学作品,具有不同于其他朝代的特点,在其不同体裁的作品中,常常贯穿着一些共性的问题,比如理学、民族性特点,这些特点让元代文学在整体上有一种别样的气象,这就是它的独特性,而且是文学秉性上的独特性。我开始思考,试图去提炼这一独特性,最后我把它归结为重性情、尚真性情的特点。然后我再用这一视角去反观元代的诗、文、词、曲、小说,发现它竟具有普遍性。我突然有一种豁然开朗的感觉,元代文学中那种模糊的元代性特征,莫非就是它尚直尚真的真性情?

元代文学有北有南,有少数民族有汉民族,有各种风尚,看似复杂,实则比较一致。北方少数民族豪放耿直的文化性格,与南方汉民族承继的理学之心性天人的开阔、平和、包容特点,一个由外在性格,一个由内心修为,从不同路径,最后汇成具有相通性和共同特点的精神核心,走向了尚直尚真、通达兼容,整个是一种豁然大气的精神风尚。这多少都有些区别于儒家思想代表的汉文化主导下的文学传统,比如主于言志抒情讽诵的诗骚传统、文章中的道统、以词曲为小道和以小说为道听途说的文体偏见。而理学与民族性的融合,也是应这个时代的风气而起的。这个风气,可以说主要是蕴生并得力于少数民族文化风尚的普遍影响和感染。而且理学的产生,本身可能也就具有了对抗以前儒学和宋代士人尚理、婉曲、隐忍等文化性格的因素。然则在元代,民族性与理学的融合,以及异曲同工,也是一种历史性的必然趋势。一种狭小的精致的存在,要继续发展,就需要变化,要走向开阔的大境界,这在国家民族是然,在文化学术思想界亦然。因而历史给我们呈现的是,元朝大一统之于南宋偏安和与辽、金共存;理学融合儒释道三家,在南宋逐渐兴盛;元代的少数民族文化性格风尚又与理学并行且融合。民族性与理学,在元代文学中都表现为真性情这一文学特点。而以社会历史的眼光来看,也十分明朗。元人尚直,讲求真性情,元代可以说是最具有真性情的一个朝代,不虚伪不矫饰不抑制。真性情则是形成好的文学作品的最重要因素之一。于此我们也可以重新追问元代文学在中国古代文学史上的真实价值和真正地位,并看到元代文学真正的精神特点,而这一特点正是十分可贵的。

但在以往的研究尤其是明清两代人对元代文学的研究中,这种真性情却往往被目之为俗、白,与戏曲小说的兴盛相勾连,以致造成一种印象,甚至被夸大地说成是元代缺少高雅的文人文学、雅文学,没有好的诗文,元无诗,元无文,仿佛元代整个都是文学与文化的荒漠,唯一有以供娱乐的俗白的曲行之于世。于此,我们也开始思考为什么一个尚真性情的朝代,以真性情而作成的文学作品却被贬低至此?是元代文学在先秦、汉、魏、晋、唐、宋、明、清的文学盛景中突然断裂沉埋？产不出文人和文学(特别是诗文)了吗？其实历史性地考察一下，则发现在所有这些朝代中，只有元代是一个少数民族大一统同时又非汉文化占绝对统治地位的朝代。可能在历代汉文化主导下的文化界，包括文学界，这似乎在某种意义上是一个让我们尴尬的突如其来且几乎要统领我们文化的一种异端存在。我认为这里面不无汉文化主导的文化偏见、审美偏见以及文学鉴赏的偏见，而这些均源于民族偏见。

蒙古族主导的少数民族文化其实并没有那么大的文化野心，它只不过是以其真实原态真实地存在而已，一如其所主的尚直尚真的大气精神，都是真性情的真实呈现而已。汉文化精神中有儒家核心的中庸精神，而在复杂的关系中，总需要折其锋芒以求平稳齐整，需要容忍、委屈、曲折。所以文学中也以婉曲为尚，乐而不淫、哀而不伤，刺弊也不能太过，只能间接讽之。这一方面是为了保证汉文化中的权力核心，一方面也是为了保证士子文人自身的安危。当这种文化精神遇上蒙古族为代表的少数民族耿直尚真、率性大气、不拘小节的风气时，自然在相形之下暴露出其自身的某些长期的积弊，以及由此而失去真性情的那种尴尬，因而元代的民族性主导下的文化性格风尚被排斥、贬斥，被以俗白、异端来加以抑制。这些都需要重新审读。而在元以后的典籍中，也可见大量对此予以反驳并高度肯定元代文学的文献。

整体来看，中国古代文学史中，始终有着根深蒂固的朝代观念。朝代视角固然可以也应该用作文学发展的时间分划标志，但若陷入朝代观念，却会造成对古代文学史真实本身的一些遮蔽和影响,如文学家朝代归属问题、遗民文学家的问题。朝代本是我们用来观照文学史的一种辅助工具,用以大致标记一个时间段的文学集合而已,它不应该超越于文学本身。因为文学这种形而下又形而上的存在的发生,有着多种因素、多个方面、多个重点,对它的研究也有多种视角,它不可能完全随朝代而行进起落。

中国古代文学史应该描绘文学发生和发展的真实,文学自身的流脉。以往常见的文学史描述,如一个朝代开始是革新之音,中间是盛世之音,末世便是颓靡之音,其实有些粗糙和武断。这在研究中是主观地让文学史追随社会历史,而不是通过历史来观照文学。文学固然受朝代兴衰的社会历史影响,社会历史是一种视角,但不能由朝代兴衰凌驾并替代文学的兴衰。这种朝代观念还带来朝代之争,如唐诗、宋诗之争。这种注目于高下地位的争论,其实无甚益处。元代文学的被冷遇和被价值贬低,其实也是受固有的文学朝代观念的影响。因为以朝代观之,元代的确是历史短、少数民族入主,于是随之形成了元代文学亦不繁荣兴盛,而且少雅的印象。而元代大气的文化精神,元人的真性情,又让元人自己相比其他朝代而不喜争,较少去与其他朝代作比,而是宗唐祧宋、宗唐得古,多学其他朝代文学的优势所在。

我一边读书,一边将这些思考形诸文字,大致围绕元代文学中的民族、理学、性情等问题,架构成一篇十余万字的论文。原来考虑用作博士论文,但这些论题和见解多有些宏观的性质。我的博士导师查洪德教授,则让我做一些更微观细致的工作,从具体的作家作品入手。老师是为了让我得到专业、严格、扎实的学术训练。当然,这也是老师一贯的为学风格和方法,即讲求扎实的文献基础,讲求对原始材料的掌握,从微观再到宏观。另外,这也是出于博士论文的性质考虑。导师认为博士论文要解决一个具体的切实的论题,而不希望我着眼于宏观。于是后来我以元代一个地域,即庐陵一地的文学研究作为我的博士论文。而这已有的十余万字文章,就元代民族和理学的问题,论及元代文学中的一些基本特点,已有独立的逻辑构架。

我曾经把这十余万字的论述糅合到博士论文中,然而老师仍建议不予纳入,认为这些可以另成一个体系,形成一本书,而不必要作博士论文。恰好天津人民出版社在做一套有关元代文学方面的丛书,又适逢我在该社出版完我个人的诗文集《漱梦集》,出版社看到我的这一书稿,决定出版此书,于是我又花费挺长时间将此书再从头到尾仔细修改打磨了好几遍,经历了博士后两年的沉淀。这部书稿中的一些论题也已作为单篇论文发表于一些学术期刊上。到现在终于交付出版,期望获得学界众家的指正,也权作一个视角,提出一些论题,作引玉之砖,供大家讨论。学无止境,我个人也将继续对相关问题进行更深入的思考和研究论证。

在此,我要感谢我的博士导师——元代文学专家、南开大学长江学者查洪德教授。这部书稿也曾呈给老师审阅,老师对其进行了修改,有些地方字斟句酌,提出一些宝贵意见。老师是全国优秀教师,在学术上对我们很严格,学术之外又如慈父。每在父亲节这一天,我的师兄姐弟妹们都要祝福老师和师母,我们都觉得遇到老师是我们的幸运!

特别感谢北京市社会科学基金对此课题的立项！特别感谢此课题完成后，天津人民出版社的出版！天津人民出版社的韩玉霞老师，在出版编辑过程中付出了很大心血，校改文字，搜集图片，几番与我讨论证实文中的具体问题，不论巨细，对学术的认真负责，实在让人心里充满敬意、佩服和感激！

感谢我的爸爸、妈妈和哥哥，一直以来对我无私的支持！

何　跞
2017 年夏于清华大学寓所

211